おもいでの記

戦中・戦後のわたし

徳田節子

はじめに

もうすぐ九十五歳になる。思えばずいぶん長く生きたものだ。昭和、平成、令和の三世代に渡って一世紀近くなる。今では、家族の中でも一番の長寿者になった。

その間、山あり谷ありで、日本の激動の時代であった。戦前、戦中、戦後を生きた一証人として、時々にあった出来事を書き留めた拙文が、整理していたら失くしたものもあるが一部残されていた。もちろん断片的でまとまりのないものだが、一冊にまとめてみた。

名もない一女性の歩んだ足跡として。

目次

おもいでの記

戦中・戦後のわたし

孫の結婚

一月一日、孫が彼氏を連れて来た。結婚の挨拶である。何ともおめでたい限りだ。来るのは午後四時頃というのに朝からソワソワ！　豊川からでは渋滞に巻き込まれるのではと、落ち着かない。

今時の子は実にしっかりしている。彼氏は初対面でも堂々としていて今昔の感しきり……わたしたちは祖父母にあたるからか緊張感はまるでない様子。終始にこにこして屈託がない。

二人は同じ二十六歳であるが、孫は保母をしているので随分しっかりしてきた。自己主張の強い保護者と常に対応しているからか。彼氏は末っ子である。

でも二人の関係は盤石の様子。前途の足元は自ら選んだもの、与えられた時代と違い自信に満ちて晴れやかである。五月に新居に入るという。

長い人生を穏やかに歩んでほしい。

結婚は人生の出発点である。昔は家と家との結びつきでその人生を翻弄された例も数々。徳川家、豊臣家、和宮と徳川家茂の例などなど、歴史上に、また戦乱にまで及ぶ話は枚挙に暇がない。

女は将棋の駒のように、お家の都合で自在に扱われた。男は妾を許されるが、姦通罪は女に厳しかった。そんな封建時代の様子などどの国のことかと思うほど様変わりである。庶民の間でも姻戚関係の縁組は多く、いとこ同士の結婚もザラにあった。昔はいざ知らず、明治、大正の頃でも血統は重視されたもの。

時代が進んで今では、同じ遺伝子を持つ血縁同士の結婚は良くないとして避けるようになった。当時は科学的な証明など何もなかったのである。

いつの時代でも恋愛結婚はある。ただその数が多いか少ないかだけ。制約があるかないかだけ。今は完全に開放されている。

男女平等の教育を受けている。故に人間としての優劣が生じ、出会いの障害ともなりかねない。

人間は十人十色である。自分にないものを相手に求める。また、同類同士で似た者夫婦を生じたり、様々な形態がある。いずれにせよ、相手を確かめるまでもなく結婚した時代は、忍耐と努力の積み重ねの上にあった。それを宿命とも受け入れていた。それが幸か不幸かは別問題である。

人は一人では成長できぬ。聞けば今の若い人は自分本位で努力することをためらう風潮とか、独身生活を好むという。それは自ら成長を阻害しているようなものだ。

人生は山あり谷ありで、順風満帆の人などほんの一握りに過ぎぬ。完璧の人などいないものだ。

人としての経験を一通りして視界が広がる。結婚も離婚も再婚も、すべてが人生の糧《かて》となる。子を持てばさらに社会が広がる。恐れることはない

未婚の人は、積極的に出会いの場を持つべきであろう。昔から、馬には乗ってみよ人には添うてみよ、という。そこに成長がある。ましてそれが納得した同士なら、なおさらおめでたいことである。

末長く幸せであることを祈る。

二〇一六年元旦に思う。

法要

この冬は近来にない暖冬で、一月の中頃まで白いものを一度も見ていない。昨年は厳寒期の最中の突然であったが、今日、一月一六日はよく晴れてとても過ごしやすい日。兄の一周忌、法要の日である。

渡辺和子さんの『置かれた場所で咲きなさい』の概略を読んだ。一九〇万部を突破した大ベストセラーとやら。

彼女は一九二七年生まれ。九歳の時、目の前で、軍人で師団長である父が銃殺されるのを見た。「二・二六事件」の犠牲者、渡辺錠太郎という。

現在の彼女はノートルダム清心学園の理事長をしている。過酷な情景に遭遇したことが将来に大きくかかわったのではと思う。二十九歳で修道女となり留学も体験し、三十六歳で聖心女子大学の学長になったそうだ。努力家であり頭脳明晰であったのだろう。

その本は読んではいないがタイトルの「置かれた場所」とは宿命に外ならないのでは。

親兄弟との早い別れ、先祖から受け継いだ素質などなど……。

宿命は逃れられないものと思う。故にそこに光を見出し、立派な花を咲かせることこそ救われるというのでは。

今日の法要、三歳上の兄は幼い時養子に出され、随分気にされたようだ。しかし立派な子ども、大勢の孫、ひ孫たちに囲まれ八十八歳の人生を全うされた。

変わって、この頃は結婚式も戦後の派手婚時代と異なり、現実的で大方は同棲時代を経て、自分たちで企画、立案するのが主流らしい。招待客も将来を見据えた近親者、友人たちに絞り将来に備えるようだ。

戦前の結婚式は主に住居の中で行われ、親戚も一家の長として男性のみ招待され、女性はあまり表に出ない。男性社会であり、葬儀も法要も主として男子が参列した。女子は裏方であり、子ども心に不思議に思ったりした。

今はそんな差別はまるでなく、敗戦国となった効果の一つであるのか、戦後は「女と靴下が強くなった」と揶揄《やゆ》されたもの。

相対的に、男子は軟弱になりそれが平和につながっているのかと思う。

女性が活発なのは華やかでよい。昔は女同士がとかく足を引っ張る傾向にあったが、今は堂々と男子と肩を並べて社会に進出できる。

体力的な能力は異なるが、人としての能力は個人差であって、男女の差ではない。

しかし、平等な社会の実現などはいつの時代でも無理と思う。なぜならもともと世界は不平等にできている。酷暑の地も極寒の地もあれば、不毛な土地も肥沃な土地もある。生まれつき美人もあれば、身体障害者もいる。できるだけ平等に近づけるように人間は努力するのみ。

やはり置かれた場所を前向きに捉え、欲を持たず、この年になれば周りを少しでも明るくできるように心掛けるのが分相応なのかな。

法要の席で前途のある若い人たちに囲まれ、考えた。

「世界に一つだけの花」の歌のようにと……。

ロンドン旅行

一九八五年九月七日〜一五日

九月七日、今年の夏はいつまでも暑さが続き、ぐったり続きのところ、やっと昨日より少し涼気が入り、長袖のブラウスも違和感がない。主人もブレザーを着込み小牧発成田行き一六：五〇発の全日空便に乗るため、心落ち着かず。

大スーツケース、キャスター付ボストン、手荷物用ボストン、ショルダーなどと家の前にてタクシーに乗る。三時出発。隣の下村さんと向いの吉田さんが不思議そうに見送る。そっと出掛けるつもりがバレてしまったか。運転はさすがプロ、要領もよく時間帯もよいのかスムーズに進み、四〇分ほどで空港到着。未だ早いと思い物陰で膝下ストッキングをパンストにはき替え、表示板を探していると既に酒井夫妻、兄夫婦はおられ、わたしたちはどんじりという格好。こういう時は真っ先に搭乗券をもらうため並ぶものと知る。

初めての海外旅行、息子たちに会いたいばかりに、健康に自信もない癖に思い切ったことを。果たして、九日間無事に乗り切ることができるであろうか。一抹の不安と紆余曲折を経て今日の日を迎えることができた安堵感。それこそ運を天にまかせようという開き直りの気持ち、誰の心も同じではなかっただろうか。

飛行機は定刻出発、誰もが一瞬、先日起こった五百数十人死傷の日航機事故を頭に思い浮かべ座席を確かめたのでは。飛行機の後部は安全度が高い、これは幸先が良いと喜んでみたり。一時間ばかりで成田着。日航421便、ロンドン行きは二二：三〇発。まず荷物を預け、腹ごしらえのためうどんを食べる。八〇〇円。緊張感からかあまり空腹感はない。

入港料一人二〇〇〇円、一時間前に出発ロビーへ、出国手続きをするともう無国籍人、形容しがたい気分。免税店で酒類をみたり。待合室では本日最終の便、さすが国際空港で様々の人がいる。シーズンを過ぎたのか団体客らしきものはあまり見かけぬ。わたしたちは六人という団体になるのかな。

定時出発、思ったより揺れない。高度が高いほど安定するのであろうか。座席は、主翼の少し後ろ、夜の窓外は何も見えず。寒さが増すと聞いていたので毛布とカーディガンを確かめる。

スチュワーデスは初め日本語、次に英語で話す。流暢な英語、畏敬の目をみはる。最初、おしぼり、飲み物、次に機内食が出る。若鶏のタラゴンソース（固いので食べず）、サラダ、パン、レモンケーキ、隠元豆のソテーなど、ちょっと期待外れ。無理に食べないが良いとする。ベルトサインが消えても付けたまま。意外に揺れない、エンジン音のみで非常に快適。映画上映が始まる。眠ろうとしても眠れない。

六時間ほどでアンカレッジに着く。気候は快適。置き引きがあるというので手荷物は持って出たが、貴重品だけでそんな必要はなさそう。免税店には日本人の従業員が多く、言葉には不自由しない。一応眺めて通る。白熊の剥製の前で記念撮影。給油後離陸、外は風がありそう。時計をロンドン時間に合わせ、八日朝の六時五五分にヒースローに着くのだと頭に教え込む。機内食が出たら早く眠ること、体のペースを整えることが第一。プレーンヨーグルト、フルーツ、クレープチキン、チーズ、クラッカー等、前回よりはまし、急いで食べる。睡眠薬強を、主人は弱を飲む。しかし眠れない。もう一度弱を飲む。やっと眠りに落ちる。思ったより快適、〝案ずるより産むが易し〟とはこのことか。

難なくヒースローに到着。ちょっと曇り空、小寒い感じ。入国手続き後税関に随分時間がかかりやっと解放されると、そこは英国。随分遠い所なのに何て簡単に来られたのかと、支度するまでの時間の長さをふと思う。日通の女性が出迎えてくれる。

まず、小銭の両替、これで万事ＯＫ、後は息子たちと逢えること。

いよいよロンドン旅行第一日の開始だ。十数名乗れそうなマイクロバスに、わたしたち六人と運転手（品の良い白髪のお年寄り）、ガイドさんと同乗、ヒースローを後に一路ロンドンへ。市内地図ももらったが英語が多くてわかりづらい。行き交う車も少なく、ロンドンって何と静かな街であろうが第一印象（あとでわかったが、それは日曜日のせいであった）。

最初、テムズ河畔、ビッグベンをバックに記念撮影をする。歩いているのは観光客が多いらしい。バスを降りる時、荷物が外から見えないようにと注意される。意外なところに神経を使うのに一瞬、緊張する。

初めての異国の風景、しかもロンドンを代表する国会議事堂のあたり、何とも素晴らしいの一語に尽きる。

建物はすべて垂直にそそり立つ。何故、尖った建て方なのであろう。日本のなだらかに傾斜した屋根とは全く違う。風雨の影響の少ない国では美的感覚のまま、自由に造形でき、天を突きさすような形にやすらぎを得るのであろうか。それとも身を守るためなのであろうか、権威なのであろうか、無知なわたしにはわからない。

ただ、塔に幽閉された話などは日本では想像がつかぬが、なるほどとそのこと自体ロマンチックな感じさえする。ガス灯もいつ頃からあったものであろう。何百年も前から時間が止まっていたかのような錯覚を起こす。その形そのものも美しい。建物の所々にある紋章は歴史の重さを感じさせる。

次にロンドン塔で下車。ここは昔の牢獄とか。日曜のため見学できず、退役軍人の集会があるとか。赤と黒の素敵な服を着た堂々としたお年寄りが門前にいて、あたりの景色に不思議にマッチする。ポリスボックスのような所には黒のフカフカ帽子（熊の毛皮、四〇万円とか）、赤の上衣、黒のズボンの衛兵さんがまるでお伽の国そのものの姿を見せてくれている。何とも可愛らしい。

大人になっても童心を失わない心豊かな風景、日本ならばどんな形がふさわしいだろう。赤と黒の色使いがこんなに素敵とは、やはりイギリスならではの醍醐味なのかも知れぬ。前の広場でミルクティーを頂き休憩。目抜き通りを通るが日曜のためすべて閉店、車はスイスイ。バッキンガム宮殿前にて降りる。そこは日曜遊歩道、皆、のんびりと休日を楽しんでいる。

半日観光はそれで終わり。フォーラムホテルに一二時三〇分頃着く。ガイドさんが運転手にチップを一〇ポンドというのでガイドさんにも五ポンド、合わせて一組あたり五ポンドずつ最初のお金を使う。運転手さんは非常な喜びよう、体中で表現する。つい、こちらも嬉しくなる。無駄の効用というのか、何とも不思議な習慣、これは奢れる者のゆとりなのか、素直に感謝の心を表す手段なのであろうか。

ホテルは九〇四号室。荷物は運んでくれる。それぞれチェックイン。部屋に入り、しばらくしてポーターがトランクを持ってくる。主人はトイレ、ノックの音に思わずカムインと答えると、黒い人が荷物を入れに来た。チップを渡すのかと一瞬迷う。荷物を入れてすぐロビーに降りる。一時頃、息子夫婦と再会。一年三カ月ぶり、元気そうだったので何よりだ。二人とも分厚いコートやジャンパー姿なのに驚く。ここでガイドさんとお別れし、あとは息子夫婦が案内役。

まず、わたしたちは昼食がまだなのでどこかで食事をと、近くのイタリア料理店に連れていってもらう。それぞれスパゲッティ、わたしはスープのみにする。そこからタクシーに乗り、ケンジントンパレスに行く。初めてのロンドンタクシー、黒塗りでちょっと大型、運転席と客席が窓ガラスでさえぎられている。少し開けては話をする。メーターは二本立て、距離と人数分が出る。合理的だ。荷物が多ければ加算されるのか。シートはお世辞にも良いとは言えぬ。向かい合わせに箱の中に入った感じ、一瞬荷物になったような気がする。チップはいくら払うのか、ポンド自体がピンと来ぬので何とも優雅な気分だ。

マーガレット王女の住むケンジントンパレスは、いかにも女主人らしい優しい雰囲気の住居。公園に囲まれているような環境が、バッキンガムに比べてのんびりした趣きがある。

わたしたちを歓迎するかのように、青空が見え暖かくなってきた。今年は冷夏であったという。今日はいい傾向と息子はいう。居室を除いて建物内を見学、王室の数々の調度品、客室、美術品などが展示されている。窓からケンジントンガーデンを眺めると中世のお姫様になった気分。何もかもが別世界。この一週間、夢を見ることになるのであろうか。

公園内を散策、池の畔で家族連れ、犬連れが日光浴、本当にのどかな風景。この土地は時間がゆっくり流れているように思われる。

古いものを大事にする。例えば、街角にわたしたちの子ども時代に見た赤いポストを見かける。くすんだ建物を磨こうとはしない。そういう見方はどこから生まれるのだろう。悠然とした流れ、風土の産物なのであろうか。

人々の様々の服装に驚く。袖なしの夏服の人あり冬服あり、コート姿あり、赤毛の人あり黒い人あり金髪あり。人は人、自分は自分、ここには模倣という言葉は育たない。自然に個性が確立する。日本式の右へならえは異様にさえ映るだろう。故に、同一人種が統一して右寄り左寄りになるのを警戒する気持ちもわかるような気がする。

すべてはその国の風土が生み出すもの。日本には日本人が育つように、イギリスにはイギリス人が育つ。しかしここには、世界各国の交流があり混血がある。ミニ世界を見る思いがする。そして、より人間らしさを自覚する。日本はあまりにもかたまり過ぎている。世界を見る雄大な視野は色々と交流することにあるのではないであろうか。

いかに日本は辺鄙な国であり戦争を起こした頃の奢りは、井の中の蛙に過ぎなかったのではと考えてしまう。同一人種に固まるのはよくない。考え方も偏りやすい。もっと交流があれば、平和で戦争もない社会になるのではなかろうか。

今日は色々と疲れた。タクシーでホテルに帰り早く寝《やす》む。

九月九日　月曜日。

蒸し暑い日本から来たわたしたちにとって何とも爽やかな空気。まるで湿気がなく日本の一一月初めのような冷気のある朝。朝食は前日に冷蔵庫に入れてあるコンチネンタル風ブレックファスト。パンが二個、ジュース、ミルク、紅茶、コーヒー、ジャム、バターがセットになっている。トースターで勝手にパンを焼き、ポットでお湯を沸かしミルクティーを作る。

部屋の外に出ず好きな時に食べられるのがまことに嬉しい。

昨晩は疲れたせいか、それともベッドの寝心地がよかったのか、ぐっすり眠れ快調。朝、九時半頃ロビーに集合。二階バスに乗って衛兵交代見学に出掛ける。

バスの車掌はたいてい黒人、二階に上がると切符を切りにくる。

昨日と打って変わってすごい渋滞。宮殿前にはもう大変な人だかりで良い場所を探すのに一苦労、各国からの観光客の多さに圧倒される。ヨーロッパの農協さん?かしら、傘を掲げた人が目印らしい。日本では旗を持つが、お国が変われば傘とは何ともイギリスらしい。

衛兵さんを近くで見ることができず残念。華麗な式典の雰囲気を味わって、公園沿いにウエストミンスター寺院へと歩く。こちらの公園はどこも芝生がとても綺麗。日本のようにやたらめったらに雨が降らないせいか、草木が野放しに成長しないような気がする。大木は大木でまとまりがよくとても形が良い。どこを見ても絵になる感じだ。

最も荘厳なウエストミンスター寺院、代々の国王はここで戴冠式をする。外から見て二つの塔が一対になっている形は寺院の有様なのだろうか。決して綺麗とは言えぬ汚れた部分がロンドンの歴史の深さと煤煙の跡を見せつける。

中は、撮影禁止。最後に日本語版のパンフレットを一ポンドで買う。なぜ最後に買うのだろう。とにかく、想像を絶する壮大さと華麗さ、素晴らしい天井の高さ、これはより天に、より神に近づくためとのこと。すべてが石造り、さぞ冬は冷えるのではと下世話に思ってしまう。でも石は不朽のもの、その技術の巧妙さにただただ見とれる。彫刻の盛んで意義のあることは、きっとヨーロッパすべてに通じているのであろう。

日本の文化は紙と木の芸術、石に比べて耐久力のないのが淋しい。

しかし床に敷いてある絨毯は決して綺麗なものではない。きっと何百年も前から使われているものを大事にされているのであろう。ここにも英国人の古いものを大切にする気持ちを見たように思う。戴冠式の椅子も何世紀も前のものと思われる。観光客も相当に多く、あちこちに説明の輪ができているがわたしたちには用がない。初歩の鑑賞眼ではおよびでない。今はバカンスの時だそうだ。

再び来られぬ世界に別れを惜しみ昼食の場へと移る。

タクシーにて日本料理店「花」に入る。中に入るとそこは日本。客のほとんどが日本人、ビジネスマンが多い。しかしウエイターは日本語が話せぬ。中華飯三・八ポンド、味は濃い目、そこで初めてトラベルチェックを使う。パスポートを見せておつりをポンドでもらう。やれやれ今夜のベッドチップ（七〇セント）は確保できた。

「花」から少し行くとセントポール寺院があった。ここもやはり二つの塔に時計がついている。大体ロンドンの街の中、ちょっとした建物にはたいてい素敵な時計がついている。デザインの一つなのであろうか。

ここは先の寺院より明るく新しい感じがする。チャールズ皇太子がダイアナ妃と式を挙げたところ。少し格が落ちるのか中は撮影も許される。しかし教会の形式は同じようだ。テレビで見た場面を思い浮かべて、しばしその時の雰囲気を味わってみる。因習の重さに押しつぶされない、いかにもダイアナ妃好みの寺院といった感じ。こんな素敵な寺院が身近に、しかも生活にとけこんでいる人たちを羨ましく思う。

この寺院の近くに日本人経営の店、「ウインザー」があるので買物に入る。息子の学校の関係で一五％引きとのこと。お目当ての綿コート、マフラー、おもちゃなどを買う。タクシーで帰る。

夕食は近くの中華料理店、ウエイトレスは中国人。同じ肌でも言葉が通じない。クレープにもやしとか肉とかを巻いて見本を作ってくれる。わたしたちは皆、右へならえ、いくら個性的にと言われても言葉がわからないので、ただ息子たちについて回るだけ。本当に幼稚園児並み、それでも結構楽しい。

明日はケンブリッジ行きとのこと。ここのベッドはなかなか快適だ。皆さん、お休みなさい。


九月一〇日　火曜日。

夜中の二時ごろ目が覚めた。昨日と全く違って車の騒音が激しくて寝付かれぬ。やむを得ず睡眠薬を飲む。

差し入れ用のうどん、菓子等、ボストンバッグに詰めてロビーに集合。タクシーにてビクトリア駅へ、バスで一時間五〇分とのこと。念のため、酔い止めを飲む。今日も爽快な天気、ロンドン郊外を走り小さな飛行場を横目に見たと思ったら、そこはケンブリッジ。起伏のない道だった。

今は夏休み中、歩いているのは観光客がほとんどとか。静かなたたずまいである。ここは学校の街、大学の建物が観光の対象である。文字通り開かれた大学、決して象牙の塔ではない。ただし、学生となるのは容易ではなかろうが……。どのカレッジにも教会が付属し荘厳な雰囲気をかもしだしている。一三世紀ごろから建てられたとか、歴史の古さに驚く。厳しい階級制度の産物にせよ、その文化の伝統は一日の長どころではない。わたしたちも次の世代のことを考えたい。こんなところで学ばせてもらえる息子たちの幸せをしみじみ思う。

昼食は、パブに初めて入る。日差しは暑いほどの上天気。屋外でフライドポテト、グリンピース、肉類、黒ビール、ラガー、ジャンティ等を運び食べる。なかなか美味しい。

息子の車でフラットへ。分譲マンションの三階とか、とても快適そうな住居だ。玄関を入ると左側が寝室、右側がバスルーム、キッチン、突き当たりがリビングルーム。すべてがゆったりし、家具、ソファー等もついているとのこと。窓からは芝生の庭が見え新しく近代的だ。学校に少し遠いのが難だと言う。来年六月まで無事に乗り切ってほしいと思う。

記念撮影に通りがかりの人が撮ってくれた。とっても好意的だ。ロンドンでは、割と人々に階級差を感じたが、ここは一様に品が良く静かで明るい。カム川でボート遊びをする人、のんびりと日光浴をする人、どの場面も素敵な絵を見るようだ。こんな季節がずっと続いたなら天国にいるようで、人間はかえって駄目になるのでは?

ケンブリッジを見、フラットを見て心が落ち着いた。帰りのバスは快適で思わずウトウトした。

夕食は、ホテル内のパブで舌ビラメのフライ。すごく大きい。スープ、サーモンなどを食べる。まあまあの味。価格が解らぬので全部お任せ、大名旅行の気分。

九月一一日　水曜日。

初めて地下鉄に乗る。名古屋の倍ほどの長さのエスカレーターを二度下りる。すべて右側に乗り、左側は急ぐ人のため空けておく。

ビクトリアからバスでウィンザー城へ。今日は最高の天気。毎日、傘を持って歩くのがバカみたいだ。

前方にウィンザー城が見えると、思わず感嘆の声をあげる。おとぎ話の世界そのものだ。どうしてこのようなものがこの世界にあるのだろう。すべて石でできたお城、広大なお城、どうやって造られたの。素晴らしい歴史の重み、スケールの大きさ、言葉で言い表しようがない。全く異質の文化、隣の芝生は青く見えるのであろうか。いや、ここには富と権力の違いが確かにある。素直に圧倒される。今、わたしたちは鑑賞させてもらえるだけでも幸せである。

衛兵さんと記念撮影。建物内のカメラは禁止。ヨーロッパの中世に生きた人の面影を偲ぶ。豪華絢爛、至宝の芸術作品ばかり。でも、ここにはいくつものドラマと争いがどんなにか繰り返されたことだろう。とにかく、決心してこの地に来られたことを本当に良かったと思う。

こちらは乾燥しているせいか、毎日歩く割には疲れぬ。昼食を街角のパブで、新鮮な甘海老がカップ一杯入れて出る。とっても美味しい。あとはフライドポテト、グリンピース、サラダ他。少し歩くと有名なイートン校、入場料がいるのに驚いた。今は夏休み中、タキシード姿の生徒たちの調度品、学校生活のスライドを見る。

今の時代にもこういう封建的とも言えるシステムが生きているのに驚く。階級差を認めている社会、反発を感じない人、それらはこの国の風土の賜物なのか。それとも古さを愛する所以《ゆえん》なのだろうか。

帰りのバスは最も権威があると言うハローズデパートで下車。買物の下見をする。こちらは日本式に品物を手にして品定めすると叱られる。触ってはいけないのだ。買う気があれば、店員に言って見せてもらう。なんとも買いにくい。冷やかしの客はお断りなのか。しかし、それが本当に商品を大事にする原点かも知れない。エレベーターガールもいない。店員も少なそう。

さすが陶磁器、銀器など高級品は素晴らしい。お呼びでない感じで外に出る。建物の荘重な割には雑然とした感じを持った。

その他、専門店二、三に入ったが、すべてお高い感じ。イギリスは紳士の国と聞いていたがなるほど、紳士服の店がとても多い。

家族で言えばここは本家の貫禄か、次男、三男または進取的な人は新天地を求め移住。建前を愛する、伝統を重んじる、悪く言えば活発でない人々、中庸の人々が祖国を守っているのかと思ったりする。日本の京都のように古さと伝統のしがらみから出ることなく、時たま爆発的にビートルズのような異分子を出したり、一直線に発展する新興国にはないジレンマが、時として起こり得るのか。国民性はその国と風土と歴史が密接なものであると思う。改めて、日本のことを考えてみる。

夕食は、地下鉄でピカデリーサーカスへ。中華料理、円卓を囲みアラカルト。ロンドンの人たちは皆静かで大人らしく食事をする。それがエチケットなのかな。古い地下鉄はリフトで上がり降りする。どうも人間を荷物並みに扱うことに抵抗がないようだ。たぶん、上流の人はハイヤーばかりなのであろう。至る所にゴミが多く、ことに地下鉄ホームには多い。もう少し失業者を清掃人に雇ったらと思う。

九〇四号室は道路に面して騒音が多いので、七二一号室に替えてもらう。ここは全く静かだ。今夜はぐっすり眠れそう。

九月一二日　木曜日。

今日も上天気、これから夏が来た感じという。わたしたちが夏を持って来たらしい。今まで支払い分は皆息子たち、大名気分もここまで。近くの銀行で三〇〇ポンド両替、再び七二一号室に全員戻り清算する。

地下鉄にてウエストミンスター桟橋へ、テムズ川を川下りする。優雅な気分。マイクで説明されるがチンプンカンプン。最後に帽子を持ってチップの請求、今度は日本語でやってね、と息子が言い大笑い。川幅は相当にあり水は綺麗ではないが、ゆったりとした流れ、とても傾斜がゆるい。両岸の建物を食い入るように見る。ロンドンブリッジ、タワーブリッジをくぐる。タワーブリッジは美しい。所々に紋章が入っている。これからロンドン塔の見学。

今日は随分の人出だ。混むからと先に宝物館に入る。歴代の王冠、世界一のダイヤ、ルビーなどが展示。歓声をあげては駄目、静かに大人しく見学のこと、監視人が見張っている。そこには、かつての大英帝国の面影を見る。じっくりと鑑賞する。この塔は全体が博物館の様相である。昔の甲冑、槍、武器等々、ナイトの時代、ドン・キホーテの話を思い起こさせる。日本の戦国時代にあたるのだろうか。

屋外でサンドイッチ、ジュースなどで昼食をとる。当地の子どもたちは実にお行儀が良い。ここでは校内暴力など考えられないのではないか。

トイレでお尻を叩かれている子どもを見た。大人に権威があるのか、子どもが素直なのか。

ロンドンには公衆トイレはないという。食事をするところで必ず用をたすこと、大体、ヨーロッパ人はあまりトイレに行かないそうだ。乾燥しているので水分を要求しない。従って用も遠くなる。体の構造がわたしたちとは違うようだ。

でも、日本人は湿度が多くてサウナにいるように汗をかく時期を過ごすので、年をとっても肌が衰えぬのかも知れぬと思ったりした。水質の良いのはそんな日本人の要求にこたえるためかも知れない。いや、湿度の多い国だからそういう体に育ったのであろう。汗をかかない人、水を欲しがらない人はヨーロッパ向きの人と言えるかな。

トイレは一列に並んで待つ。空いた所に先頭の人が行く。合理的だ。早めにホテルに帰り休憩。

夕方六時、ロイヤルフェスティバルホールのコンサートに行く。男性はツーピース。今日はチャールズ皇太子とダイアナ妃がお出でとか。双眼鏡を持って心ワクワク。六時半頃でもまだ明るく橋の上で記念撮影。夕食はホールの中でバイキング。権威のあるホールでバイキングとは何ともチグハグな気がする。アメリカ式？に並んでお皿の上に次々と黒人の小母さんに指さしてのせてもらう。最後に勘定、皆、右へならえ！　次に席を探す。バラバラで食事時間に追われ、トイレに入っておく。

指定席は思いがけずボックス席、まるで貴族になった気分、しかも真ん前にダイアナ妃が見える。片肌を出した目の覚めるようなブルーの服、悪いけれど双眼鏡が威力を発揮？

コンサートの内容も素晴らしかった。何よりも観客が生活の一部として楽しんでいる感じ。舞台のバックにも客席があり、そこはラフなスタイルの人、たぶん旅行者が多いのではないか。舞台正面はほとんど正装の貴族とか、でも、こういう世界に全く無縁の人も多くいるのでは、と思うと複雑な社会に違和感を感じる。物乞いのいるのには驚かぬが、人に迷惑をかけることを嫌う人たちが何故道を汚すゴミを捨てたり、見逃したりするのかも不思議の一つだ。

まだロンドンの一部分を少し見たに過ぎぬが、この街には純粋のイギリス人は一体何％いるのかと思う。そういう状態が上下の関係を生み出すのであろうか。日本は平等でよい。皆が一様にそう思った。でもそれが世界の一員となったとき、自民族の利益にのみ偏るのはいけないことだとも思う。ロンドンに住む人たちがロンドンを愛するのなら、人種差別のなくなることを期待する。

とにかく、今日は日本では味わえない夜を持つことができた。最高の気分。

九月一三日　金曜日。

朝のジュースの味が少しおかしいので、念のため飲まず、駅の売店で買ってきてもらう。少し慣れた頃にもう明日はお別れ。

今日は一日買物にあてる。やはり言葉の通じない店は買物がしにくい。値段を見ても随分高いし、まずロンドン三越へ行ってみる。思ったより小さい規模。日本人の店員がいて、ここは日本式。人形はウィンザーよりここのほうが安かった。バーバリー本店、スコッチハウス、リバティ、ハムレイズ、イギリス屋などへ入る。ウェッジウッドの店で人形の置物を買う。

昼食は日本料理店「さくら」にて刺身定食。キリンビール中瓶が七〇〇円。外国で日本食を食べるのは愚かかなと思った。

やはり最初の店が良いとのこと、地下鉄でウインザーへ行く。再び綿コート、マフラーなどを買う。

両手に袋をぶら下げた時はタクシー、コンサートに行く時は地下鉄、実に合理的だ。

夕食は近くのイタリア料理店、一階は満員なので地下に入る。イタリア人の可愛いボーイさん（十五、六歳かな）が懸命に昇り降りする。スープ、仔牛のマッシュルーム煮サラダその他、一緒に食事をするのはこれが最後、色々の感慨を込めて明日は機上の人となるのか。

支払いの時、ボーイさんは計算を多く請求する。指摘されて必死に筆算し直していた。少し可哀想になる。

九月一四日　土曜日。

荷物の整理、午前一〇時半ロビーへ、その前にホテルの周りをちょっと散歩する。昨日までは上天気であったが、今日は少し小雨が降って寒い。これが本当のロンドンの姿なのかも。昨日までのロンドンは虚像であったのか。それにしてもわたしたちの滞在中は何一つ間違いもなく、上々の天気で、息子たちに迷惑をかけることもなく（？）無事旅を終えたのは何という幸運であったろう。

一一時頃、日通の男性が迎えに来る。別れは辛い。マイクロバスに乗り、せかされるようにあっけなく二人と別れてしまった。悲しそうな二人の顔が目にちらついて涙が出た。

別れを惜しむように外は小雨。やがてヒースローに着き、日通の人に搭乗手続きをしてもらい別れる。早朝、着いた時はまばらな人であったのに、今日は大変な人。さすがに日本人は少ない。免税店で酒類を探す。スーパーのようにレジで支払い、一四：〇〇発日航４２４便は少し遅れて表示、一番遠い搭乗口である。随分長い動く歩道に乗る。大きな空港だ。

座席は二階の前から二番目、窓寄り。いよいよ帰途かと思うと感慨無量。小雨のヒースローを後にして一路アンカレッジへ。途中気流の関係で北極圏の上を回るという。何でも良い、無事に着いてくれれば……。

やはり日航にはどこにいたかと思われるほど、日本人の客が多い。わたしのような小母さんもいる。よい世の中になったもの。でも、こんな幸せが訪れるとは夢にも思っていなかった。もったいなくて、もっと若い人に体験させてあげたい。せっかく良い時代に生まれたのだから。そしてもっと良い日本をつくってほしい。この体験を前向きに利用しなければ申し訳ないような気分。何だか目を洗われたような一週間であった。

そろそろ日本が恋しいかとの配慮からか、機内食に蕎麦《そば》がついている。牛ステーキ、サラダ、ケーキ等、まあまあの味。帰路は日中を飛ぶので外が見える。氷河を機上から見る。アンカレッジは二度目なので何だか懐かしい感じ。でももう来られないと思ったら、ミンクの襟巻を買ってしまった。ここは日本円も通じるが、ポンドは駄目。ドルのお釣りでチョコレートを買う。

二度目の機内食はお寿司がついている。サーモン、ムニエル、ピース、サラダ等、一番美味しかった。薬で寝る。

九月一五日　日曜日。

いよいよ成田到着、小雨が降っている。ここは日本、何でも言葉が通じる。困った世代だ。税関の検査はツアーであるとあっけないほど簡単に済む。出発の時、休憩したロビーで全日空小牧行までの時間待ち。ここで締めくくり、皆様、本当にお世話になりました。

名古屋は曇り空。夜景が美しく見えた時、この一週間が夢ではなかったかと思ったりする。本当に素晴らしかった旅行、二度と味わえないであろう経験。

すべてに、感謝、感謝！

（後記）

名古屋に戻ってしばらくはイギリスぼけといった感じ。たった一週間なのに、様々の人の中にいたせいか周りに見る人たちが皆、同じ肌なのが不思議な気がする。日本では当たり前のことなのに。

道路が広く整然としている。マナーがよい。ロンドンでは車の中を人が歩く感じだった。赤信号でも車がいなければ平気で渡る。途中、反対車線から車が来ると中央で立ち止まる。すぐ脇を車がすり抜けて行く。一瞬、心臓が止まるような思いをした。

日本では車が全然来なくても赤の時は待っている。ロンドン式でもと思ったりしたが、やはりここは日本、定められたことは守ったほうがよいと思う。地下鉄ホームの騒音、車の来るたびのアナウンスは本当に必要なのだろうか。街の中、常に古いもの、汚れたものは改めるべきと考えていた。でも本当に良いものは時間をかけ育て守る、長い目を持つことも大事だと知った。

ウェッジウッドの店で買った人形は壊れ物であるのに簡単な包装。わたしたちは一様にホテルで包装し直したものだ。売ってしまえば買った人の責任なのか。日本式の過剰なまでの包装は、本当に必要なサービスであろうか。日本人は妙なところで親切すぎて、肝心の所で抜けてはいないだろうか。

でも、日本にはさしたる蓄積も資源もない。常に天災に怯える。そんな過酷な条件を克服し今日のように発展して来たのだから、やはり優れた民族であると思う。しかし、消費文化は発展しても、いつの日か足をすくわれはしないだろうか。ドルショック、石油ショック、地震、災害などの時のように。

もっともっと堅実に足元を固める必要があると思う。後世のために耐久力のある資産を残すことこそ素晴らしい。

思い出すまま

年をとるということは、若い頃には見えなかったものが見えるようになり、見たくないものがどんどん増えて、見ざるを得なくなるものだ。

徒《いたずら》に馬齢を重ねて齢八十を過ぎると、さして思い残すこともないが、来し方をついつい振り返ってみたりする。

人生は流れる宇宙の中の一つの点に過ぎず、どこからか受け継いで流れて、また子孫に繋げてゆく一通過点にあるのかも。

その豆粒のような存在もけし粒のようなものから、岩のように様々で動かぬものから流されるものまで多々あるだろう。

すべては流れのままに過ぎたことは彼方に消え去ってゆく。こうなると運命論じみるが、わたしは運命を信じる。

考えてみれば宇宙は、生物はどうしてできたのだろう。科学の発達した現代では大方解明されているが、なお神秘に包まれた謎も多い。詳しいことはわからぬものの、ただすべては化学変化の賜《たまもの》ではと思える。化学反応は突然変異する。酸素と水素があれば水となるように、目に見えぬものにもたくさんの分子が存在すると思う。例えば季節の例でいくと春には春の分子が、夏には夏の分子などと……。

分子はお互いに合う分子を求めて連動し、結合して繁殖する。その中の遺伝子は脈々と繋がれる。蛙の子は蛙となるように、人間も同じ周りの人たちを見て思う。下世話な面で言うと飛躍するが、離婚の多い親を持つ子も離婚率が高く、犯罪歴のある親を持つ子もその可能性が高い。芸能人の子にも芸能人が多い。

そこに因縁性を感ずる。すべて目には見えない。突然変異もあるが、そこには善と悪の差が大きい。環境の違いが大きく作用するのであろう。

環境も常に流れ変化する。善い家庭も悪い家庭も、高度成長期もどん底の時代も。その流れに上手く乗れ、天性が目覚めた時、人は大成する。人はそれらを運命と言う。運命とは命が運ばれることであり、その時代と環境の影響をもろに受けてゆく。よい環境は、今日のように病をも克服し、長寿を享受する。

わたしは、その頃では割と裕福な商家に生まれた。六人兄弟の真ん中、近所でも子どもの数は多い方である。母が十六歳で嫁いだせいもあるが、何よりも産めよ増やせよの時代でもあった。富国強兵を旗印に男子が好まれた。産児制限などできない時代でもあった。しかし、すぐ上の兄は養子に出たので、上下の差は五歳ずつあり、頼れる姉があればと思うような自主性のない子であった。

人には誰にもそれぞれのドラマがある。起伏の差こそあれ、この年まで生きられたこと自体感謝すべきことであろう。もしその大したこともない平凡な生き様が誰かの役にたったり、昭和の激動の時代の一証人として少しでも意味があることになればと思いつつ振り返ってみる。せっかく生まれて長命を得たことに感謝しつつ。

昭和六年満州事変、一二年支那事変（日中戦争）、一六年大東亜戦争（第二次世界大戦）、二〇年敗戦と人格の形成期はすべて戦時下にあった。

以下、だらだらと思い起こす。

父は一途な愛国者だった。その頃は男尊女卑の風潮で女児は価値を認められず、嫁に出すまでのお荷物に過ぎなかった。代わって長男は別格であり一室を与えられ、家庭教師がついた。次男はそれを良いことに外遊びに明け暮れた。長女のわたしは淋しいもの、まるで無視された。しかし幼児の頃は当然口ごたえする。減らず口をたたく。女の癖にとどれだけ言われたか。その頃は女は素直に従うのが当たり前、お転婆娘は爪はじきされ大人しいのが美徳とされた。ある時、仏壇の前に謝るまで正座させられた。強烈な記憶として今でも忘れられない。

その時は母がとりなしてくれたけれど、以来物言わぬ内気の子となったように思える。五、六歳の頃は生意気盛りで時にああ言えばこう言うと、周りから弁護士になると良いと揶揄《からか》われたことも頭の片隅にある。意味がわからず、とてつもない悪い人なのだと思ったりした。小学校に入っても手を挙げられず発言もできない。三月生まれで一番年弱で奥手の子、表現力を持たないおどおどして人の後からついて行くだけの子、通知表の連絡欄には必ずもっと積極的にと書かれていた。今の子どもたちの伸び伸びした発言を聞くたびいかに性格を矯《た》められていたかと思う。

大人しくして言われることをしていれば、親は優しかったと思う。しかし、食事は一家団欒の場であるはず、信心深い父は仏前に一同を集めお経を唱える。一通りすまねば食べられない。食事中は無言、黙って食べるものと叱られる。会話などない。唯一、晩酌の後は饒舌となり一人悦に入っていた。家族間の会話などの思い出は何一つない。外面のよく内面は頑固な人だった。明治の男の典型である。儒教の教えでもあったのであろうか。

遊び相手は家族になく、住み込み店員のGが優しかった。彼は絵が上手く、竹久夢二調の少女画を描きわたしを惹きつけた。しかし、彼にとってわたしは性的に恰好なターゲットだった。膝の上に乗せ右手で絵を描き左手でいたずらする。いやな罪悪感をもつようになる。

商家の母は忙しい。目が届かない。後日、商家にだけは嫁ぎたくないと思うようになる。

その頃は子どもは外で遊ぶものとされた。近所の子どもたちと道路とか間所で縄遊び、石けり、かくれんぼなどして日がな暗くなるまで遊んだものだ。

今日のように車がない代わり馬車が通る。犬も横行する。馬車が来ると道端に体をすくめ、犬のいる道は遠回りした。母が子どもの時、馬に噛まれたという。それがトラウマだったらしい。避けることだけは上手くなり、ドッジボールでは最後まで球に当たらず残ることになる。

楽しみは小銭をもらって駄菓子屋に行くこと。紙芝居の拍子木の音、たまに来る救世軍の太鼓の音、ゾロゾロと小さな教会に入り讃美歌を歌ったりした。まだ戦時下の様相はあまりなかった。

家の地下室にはアンデルセン、イソップ、グリムなどの童話集が並んでいた。人魚姫、フランダースの犬、シンデレラなどのお気に入りの本にのめりこんだもの。世界美術全集の裸体画にも魅入ったり、ロマンの世界を夢見た。夏祭りの屋台、アセチレンの匂い、提灯祭りの家々に立てられた笹竹のローソクの灯のトンネル。幻想的で懐かしい昭和の原風景である。

広小路の夜店も楽しみの一つで、蛍籠を買い蚊帳の中で飛ばしたりした。春には店員たちとハイキング、秋にはキノコ狩り、大人たちは碁を打ったりラジオから流れる浪曲や歌謡曲のたぐいに聞き入った。時折、肩や腰を揉まされたりした。まだまだ平和な時代であった。

小学校は男女共学で、それぞれ二十五人ほど六年まで同じクラスが続く。五年生の頃からか女子はミシン、裁縫、染物などの時間を持つ。体操の時間にはなぎなたの練習も。女学校進学のため例年受験勉強するものだが、昭和一六年大東亜戦争が始まると内申書と口頭試問のみとなる。それに備えてもっぱら大東亜共栄圏とは何か、大東亜戦争の意義についてなどの暗唱を詰め込まれる。

家では女の子は勉強しなくてもよいと言われていたが、内申書アップのため一時期学習塾に通わされる。後で聞くところによると、クラスでトップの男の子は毎日、図書館に通っていたという。彼は中学四年で東大に入り大会社の社長になった。「栴檀は双葉より芳し」とか、その彼ももういない。

入った女学校は商家の子女が多く、良妻賢母を主眼とする校風は学問にはあまり重きをおかなかった。戦時下でもある。コツコツ学ぶ子は周りからガリ勉と白い眼で見られた。テストは主に一夜漬けで終わった。体力の養成には力を入れられたもの。通学区域三キロ以内は電車も自転車も不可。ちょうどぎりぎりだったので雨の日も風の日も、背負いカバンを背負って歩いた。長距離遠足（七〇キロ）は途中、リタイアしてもよい。自分の体力の限界を知る。重量遠足ではカバンに相当量の重さを入れて、水泳は必須科目、海の家での集団合宿など、。一年生まではそれなりに充実していた。

三年生になって勉学は途絶えた。

戦況は思わしくなく、あちこちに出征兵士の家の表札が増える。その頃、男子は徴兵制度があり、成人に達すると検査を受け、甲、乙、丙種に班別され一定期間軍隊で養成された。長兄は乙種であったので行かなくてもよかったが、後に応召という形で軍隊に召され、満州で入隊した。終戦後日本は廃止されたが（今は自衛隊としてその役目を果たしているが）、韓国ではその制度は残されている。

その頃女性は千人針（白い木綿の布地に点が千個描いてあり、一人一つずつ赤い糸で縫い玉を刺す）。寅年、辰年生まれの人は年の数だけ刺せる。その布を腹巻として兵士に贈った。千人の願いが通じ弾除けになるという。そんな言葉も意味も今は死語である。

わたしは勤労学徒の腕章を巻き、市電の車掌として動員される。路線地図を覚えて乗り換え切符にパンチを入れる。

もともと勉学の気は薄かったが全く頭から消えた。唯一、英語が好きで津田塾に憧れたが、敵性語として抹殺された。

半年過ぎた後、三菱航空の工場に配属される。そこは埋立地にあり、やがて来た地震の被害は相当なもの。ガラス窓はすべて落下、地面に深い亀裂が走った。家までは歩いて帰る。やがて空襲をまともに受ける。危うく、機銃掃射に当たるところ、壕に走り込み命拾いしたこともある。

工場は破壊され以降、学校工場として体育館で部品の選別にあたる。学校農場や飛行場整備、軍服のボタン付けなどに駆り出される。

やがて学校も疎開となり、すべて地方に移ることになる。わたしは空襲で家が丸焼けとなったので、田舎に移り地元の学校に転校する。そこでもフェルト工場、旋盤工場と行員生活を送り八月一五日の終戦日を迎える。〝欲しがりません、勝つまでは〞のスローガンの下、月月火水木金金と休みなく一億総動員体制で、食べるものさえない窮乏生活は一体何だったのだろう。

「鉄は熱いうちに打て」と言う。大事な基盤を作る二年ほどはまるで空白であった。でも、それ以上に、少し上の世代は人生をお国のためにと断たれた人の何と多かったことか。わたしたちの世代はまだ幸せの部類に入るが、そんな暗黒の時代は思い出したくもない。愚かなものだ。

敗戦！　ただただその時は空襲に怯える日々の絶えたことが嬉しかった。

戦後は何もかも価値観がひっくり返った。自由がどっと押し寄せた。黒いものが白いと言われるほどに。しかし現実は必需品もまだ配給制度、皆、食べることだけに日々追われた。

多くの戦災孤児と戦争未亡人が残された。親の庇護下にいただけでも幸運だった。その頃、未婚女性の結婚相手はトラック一杯の女性と一人の男性と言われ、生涯独身の女性が数多く生じた。

日本人は勤勉というか単純というか、庶民はたくましかった。戦時中、隠匿物資を持っていた人、農地解放で独立した農家、軍部の甘い汁を吸っていた人などから闇成金が生まれた。素封家が落ちぶれたり、小作人が大成功したりする。新しい日本の夜明けの時代となる。復興は徐々に進んだが、その時、その後の高度成長時代を誰が予見しただろう。

元の女学校に復学し何となく卒業、流行りの洋裁学校に入った。たまたま、女学校の上に専門部が開設されそこに移った。洋裁、和裁、手芸、一般教養と広く浅く何とも中途半端なものである。何一つ究めることもなく器用貧乏で、卒業後は皆チリヂリバラバラである。その頃は、皆結婚することが当たり前の目標であった。

縁談はそれなりにあった。世話好きの近所の小母さんも話をもってくる。帯に短し襷《たすき》に長しとはこのこと。こちら側が可とするは相手が不可、相手が可とすればこちらは気が進まぬ。圧倒的に男が女を選ぶ時代とはいえ、そこまでは妥協できない。ある縁談の最中、父が脳溢血で倒れ立ち消えとなった。

そのうち、ごく普通のサラリーマンに縁があり結婚することに。未成年の妹、弟、半身不随の父を抱えた母の荷は一つ軽くなったものと思う。父は五十七歳で倒れ十七年生きた。

もし戦争がなかったら、今の医学があればわたしの人生も変わっていたのかもしれぬ。

昔、「女は三界に家なし」と言った。幼にして親に従い、嫁しては夫に従い、老いては子に従うと……。母は十六歳にして十三歳年上の父に嫁ぎ六人の子を産み、すべてに去られ九十三歳で生を終えた。わたしにとっては反面教師的存在でもあった。

夫は次男とはいえ、長男が既に所帯を持っていたので姑と三人暮らしだった。二度目の出産直前までは……。

初めての出産は病院で、二度目は近くの助産所でと決める。何事も人生は思うようにはいかぬ。突然、思いがけないことが起こる。一カ月早く産気づいて分娩室で出産、まだ一人いると産婆さんがうろたえる。何のことはない、双子だったのだ。手伝いに来ていた母の慌てたこと、今では考えられないが心音が重なっていたので、直前までわからなかったそうである。

おむつ、下着などは十分上の子のお古で間にあった。未熟児であったが春先で陽気もよくなるので保育器に入ることもなく、両側に湯たんぽを入れ、よく眠り順調に育った。良くしたもので、哺乳瓶を一人ずつ両手で抱え飲み、眠るようになる。母の忙しさを知っているかのように大人しかった。むしろ、年子となった上の子の世話に手を焼いた。何故、双子が生まれたのだろう。親戚中どこにもいない。それこそ突然変異である。やっと、姑が長男の家に行かれたと思った矢先、子育てに翻弄されることになる。洗濯と食事の世話だけに明け暮れる日々、一人の子だけでも大変なのに三つ子のような存在。一度に両の乳房で授乳する。長男は膝にしがみつく。二人の子は背負うことも抱くこともままならぬ。風邪をひくと四人そろって枕を並べることも。

梅雨時は部屋中、おむつの満艦飾、寝間着にカビの生えたことも。その頃わたしはガリガリにやせた。夫は入浴係でよく協力してくれたが昼間は一人である。休日は日曜日だけ。時たま、隣家の奥さんが見かねて子どもを一人連れ出してくれた。母は父の介護で頼めぬ、遠い親戚より近くの他人である。どんなに助けられたことか。今でも感謝して忘れられないことの一つである。

すべてが、わたしのペースで対処するよりなかった毎日。今思うと、もしやり直すことができるとしたら、子育ては楽しんでゆとりをもって接したい。三つ子の魂百までという。伸び伸びとしっかり甘えさせることのできなかったのを申し訳なく思う。幼児期、わたしが抑えられていたように二人の子も消極的な子であった。

でも大病もせず素直に育った。手のあける時はいちどきにあけた。

何事も計画通りには進まぬ。二人の生まれた後、入れ替わりのようにわたしの妹が二十二歳の若さで、尿毒症を発症しあっけなく死んだ。これから、色々話し合えると思っていたのに。いつかは誰でも一人になる。

子どもたちは順調に成人し、割と早く巣立った。早く解放されたことになる。

運命的なものに興味を持ち始めたのは、父親のせいかも知れぬ。父は一時姓名判断に凝っていた。縁談話にはあちこちの占い師に連れて行かれた。父の母が幼少の頃、中毒で急死したせいかも知れぬ。次男が父に背いて結婚したこともあるかも。

わたしも父の例にならって、娘の縁談の時、近所の占い師に行った。そこで言われたことの根拠が知りたくなり、自分で本を探し、勉強し始めた。それが妙に面白く、究めるために文化センターの講座に通った。他人の人生が知りたくて図書館に足を伸ばした。雑誌、テレビの類は格好のネタ探しの材料であった。

今ではパソコンを開けば、一部始終が解る。人の人生はどう繰り返すか、偉人はどのようにして偉人たり得たか、先祖の影響は……など納得したり不審だったり、究極は一〇〇％の人を理解するのは不可能だ。解《わか》るものは解るし、解らぬものは解らぬ。定石通りの結果を見る時は、人生の不思議に感動する。しかし共感してくれる人は誰もいない。ともに学んだ先輩も友も。運命を知って何になると言われても、知らないで済むよりましだと思う。何かにつけて達観できる。いつか誰かのためになればと。

人生の不思議、いくつになっても好奇心のある限りコツコツとパソコンを開くだろう。一つでも謎が解けないかと……。老化防止にもなるし、今のわたしの道楽。

そんな無駄なことを、と笑わないでほしい。

四柱推命について

わたしはこの道にはまってしまった。人の生年月日時を干支に置き換え、人生を推理するものである。一般の人にはまるきり馴染みのない、わかりづらいものである。凡そ目に見えぬことを推理するのは至難の業、自然現象より生ずるものから判断するよりなく、人は太陽を中心とする現象から時刻を編み出し一日を二四時間と定めた。春夏秋冬も同じく自然の移り変わりから割り出され、名称が与えられた代名詞である。干支もまたしかり、人の心も同じく目には見えない。

人体の仕組みも人生も自然現象の一部に過ぎぬ。

中国から伝わるこの考え方は、人が誰でも持つそして異なる生年月日時、両親、環境などを干支で表し、その関連性から人生を推理していく方法である。複雑で解釈の仕方も多岐にわたるし例外もあるが、大筋では類似する。

具体的に例えてみよう。

一日で言うと、春は朝、芽生える時であり勢いよく、夏は昼、花開き陽光を謳歌する。秋は夕方、水清く実りの時。冬は夜、木は枯れ眠り、草木の萌芽を内に秘める。人間も就寝し朝に備える。

また、春は木、青、東をイメージし、夏は火、赤、南を、秋は金、白、西を、冬は水、黒、北をもってあてる。そして太陽が一日を回るように春夏秋冬も循環する。年も春の年、夏の年と繰り返す。

もし夏の年の冬月に生まれたとしよう。夏は火であり冬は水である。水と火は正反対、磁石の南北のように反発する。そこに力関係も加わると、水が多ければ火は消え、火が多ければ水は蒸発する。お互いに刺激しあえば飛躍、大記録、大出世となることもあるが大方、先祖とか自身の安定を欠き、離婚、再婚、転居、病気などの変化が起こりやすい。

性格で言えば、春は積極的、夏は情熱的、秋は思索的、冬は理知的、どれが多いかによって判断する。すべてがバランス良く揃えば、大方、無難な人生となるが、一方に偏る時（例えば水ばかりとか、火ばかりとか）は特殊な才能に恵まれ大成功する場合もある。

人生も心も形としては見えない。他人が判断するものかも知れぬ。

「人の振り見て我が振り直せ」と言う。なぜ災いが降りかかったかを考えるより、必然のことであったと割り切り、他人を羡むことなく与えられた人生を支えあい、全うするのが生きている者の務めだと今は考えている。

疾病昨今

歌は世につれ世は歌につれ、と言いますが、病もまた世につれて変わってゆくものかとしみじみ感じます。

わたしの子ども時代は、疫痢、赤痢などのワクチンを飲んだもので、〝はやて〟と言われ小児の死亡率の高さで恐れられたものです。

この頃ではノロウイルス、食中毒、インフルエンザとか、糖尿病、肥満なども子ども時代から懸念されるようになりました。アレルギー、花粉症、適応障害などの新しい心配も出てきました。交通事故後遺症もあります。環境の違いでしょうか。

小学校の時、体操の時間はもちろん、運動靴も潤沢でないせいもあるけれど、真冬はともかく素足が当たり前。少々の細菌には負けない免疫力がついたかと思うのですが、近所の子が、板から出ている錆《さ》びた釘を踏んで敗血症になったことは今でも忘れられません。

子どもはたくさん生まれても死亡率も高かった時代でした。猩紅熱、腎臓病などで長期欠席の子もあったのです。

大人になるまでは様々の細菌と向き合って、免疫を身につけてやっと成人しても、様々のガン、血管系にほころびが発生します。

今では、当たり前の血圧、栄養などの知識はなく、唯一、ビタミンB1の欠乏が脚気《かっけ》になると知るぐらいでした。結核は肺病として不治の病とあきらめていたものです。

劇的に変化したのは、戦後、ペニシリンの登場でしょう。この薬は様々の細菌に対応しました。

一九五〇年頃までは、死亡率の一位は結核でした。二位、脳血管系、三位はガンでした。それが一九八〇年頃から、ガンが一位となります。脚気も結核も忘れ去られました。

父が脳卒中で倒れたのは一九五一年です。その頃は、絶対、体を動かさないようにと伝えられてきました。今ではすぐ救急車で運び、カテーテル治療をすれば元の状態に戻るのです。医学の進歩は目覚ましいばかりです。

人生五十年といわれた頃から今では、平均寿命は八十年を超えています。今の時代に遭っていたら、父は助かっていたことでしょう。

その時、血圧の重要さを初めて知りました。体質は遺伝することも……。でもその頃は、若い時はともかく、四十代で最高一六〇あっても本態性だから気にしなくてもよいと言われ続けました。

降圧剤を飲み始めたのは、六十五歳過ぎてからです。ある朝、突然片目に蜘蛛の巣を張ったような亀裂が入り、あまりの異常さにすぐさま近所の眼科へ駆け込みました。結果、網膜剥離の一歩手前の網膜裂肛とのこと、直ちにレーザー光線治療を受けました。

老化現象は間違いなく訪れます。

ふり返れば、二十五歳頃までは健康にあまり気を使わなかったものの、出産後は定期的に片頭痛が起こるようになり悩んだものです。それは更年期を終えて、不思議と収まりましたが。

血圧は塩分を控え、運動に励んでも結果は簡単に出ません。次第に薬も効かなくなります。最初は効き目の弱い薬を少量から始めて、徐々に量が増え種類も増え、試行錯誤の連続です。降圧薬は新薬も種類も多く、人によって効き目が違うようです。

二〇〇五年頃より始まったメタボ検診では、必ず血圧測定があります。正常基準もときたま変更されますが、一〇年頃には最高二〇〇を超える時もあるようになり、医師を変えてみました。異なる処方箋で出された薬が体に合ったようで、今のところ落ち着いているようです。高齢になるとお互いに体の不具合の話が多く、そして老いるのでしょう。

二〇〇七年、京大の山中伸弥教授により、iPS細胞が人の細胞から作製され、彼は二〇一二年ノーベル賞を授与されました。大変画期的なことです。再生医療の先駆けとして、また難病患者に対しての一筋の光明としての大きな福音です。これからの医学の進歩に期待したいものです。

少子化対策も、人工受精などがどんどん普及しています。一方高齢化社会は骨折、認知症などの、新たな悩みが発生し緊急の課題となりました。

最後まで、自立した人生でありたいとつくづく思います。

母

母は丙午《ひのえうま》の生まれ年だ。男二人、女三人の五人兄弟の長女として。十六歳で女学校中退、十三歳年上の親戚筋になる夫に嫁いだ。そして、六人の子を産み、東大卒三人、京大卒一人、名大卒八人、金沢大卒、上智大卒、同志社大卒、大阪大学生、その他公立大……、学者一人、医者一人の子孫を残した。彼女自身は九十三歳の長寿を全うした。

昔から丙午の女は男を食うと言って嫌われたが、この場合、本人ではなく先祖の盛大さを意味する。母の母は、町一番の素封家の娘、大変な美人であったそうだが、大家に嫁いですぐに離婚し再婚の人だったという。気性の強い人であったのだろうか。

母は小学校を出ると女学校の寄宿舎に入り、やがて結婚することになって家を出る。実家は長男が恋愛結婚の末、家を継がず末弟が後継者となる。二人の妹の中、一人は二人の女の子を残し結核で早く世を去り、一人は子がなく再婚、やがて母より早く亡くなる。母と弟のみの交流は最後まで続いた。

嫁いだ後は商社マンの夫の仕事に従い、中国（その頃は支那といった）の天津に移住、日本人街で中国の使用人と暮らしたという。やがて帰国、社宅に住み子どもの世話、夫の海外出張も多く、留守番役と続く。夫との十三歳の年齢差は絶対服従であったろうし、鍛えられたと思う。ワンマンの夫に耐えられた強靭な人でもあったのだろう。わたしが物心ついた時、母が寝付いているところを見たことがなかった。

唯一、ある時、裏の座敷に床をとっていた。出てきた時、腿から赤い血が流れるのを見て「あ、血が！」とわたしが叫んだら、妙に変な顔をされたことを思い出す。あれは流産の後だったらしい。卵大の頭と手足を持っていたが、その子はミカン箱に入れられ水子として荼毘《だび》に付せられた。正確に言えば、子どもたちは七人兄弟ということになるのかも。

母は努力家でもあった。その頃の雑誌『主婦の友』をとり、付録についている型紙で子ども服をミシンで手作りしたり、家事を覚えたりしたようだ。しかし、父と母が二人で一緒に外出するのを見た記憶はあまりない。一度だけ誰かの仲人を頼まれて、連れ立って出掛けたのを不思議に眺めたほど、ふだんの行楽には留守番役が多かったように思う。二人の仲は平等だったのか、上下関係だったのか、今では、知るよしもない。

正月には近くの写真館で家族写真を撮る。ある時近くの御園座の曾我廼家五郎一座のお芝居を家族そろって観劇した。その後二度と訪れない貴重な体験だった。

その頃までが、母にとっても幸せな時代ではなかったろうか。昭和一六年、第二次世界大戦の始まるまでは、父にとっても全盛期であったように思う。

母は親譲りか美人であることに自信を持っていた。学校の参観日などに母が出掛けると、わたしは必ず友達からお母さんは綺麗だね！と言われ、誇らしくもあり、あなたは似てないわねというニュアンスに落ち込むものであった。

そんな母がある時突然、一番下の弟だけ連れて実家に帰ったことがある。何があったのかわからない。代わりに父が朝の支度に味噌汁を作った。母のいつもの茄子の賽の目切りの具と異なり、大きな拍子切りなのに淋しさと違和感を持った。

父はお手上げの様子で母を実家に迎えに行った。たぶん、何か謝りに行ったのだろう。母にも何か一本筋の通ったところがあったらしい。

しかし、わたしにとってその頃の母の存在は絶対であった。親離れしてなく反骨心もなく、疑うこともなく……。デパートのお伴はいつもわたし、お子様ランチやアイスクリームにご機嫌だったもの。親の短所を考えもしなかった。また、親は子どもに短所を見せようとしなかった。

考えてみると、叱られることはあっても褒められることは、全くなかった。何事でもできて当たり前、という感じ。

その頃のわたしは、今のように教育熱心の時代と違い、むしろ放任主義であり家事の手伝いの的だったように思う。実際、昔の家事は忙しい。食事、洗濯、掃除、買物、縫い物で毎日、日が暮れる。母はよく働く。遊んでいるところをあまり見たことがなかった。

やがて激動の時代に入ると、使用人は次々と徴兵され物資は配給制度となり、やりくりに苦労したり、着物はモンペ姿となって、防空訓練に参加したりする。訓練のうちはよい。

昭和二〇年三月一九日、名古屋大空襲となる。一〇〇坪ばかりの土地にあった建物は一夜にして灰となった。あたりは皆焼野原である。呆然として着の身着のまま田舎へ落ちのびた。母は気丈であった。何よりも命があればよいと……そんな時代だった。しかしそれが苦労の始まりだったろうか。

その頃、長男は満州に出征していた。四人の子どもとの六人家族、親戚にも助けられて、雑貨の小売商を始め店頭に立った。一億総動員の時代であったから当たり前のこと、夫と二人でコツコツと積み上げた財産を、一瞬に失くしたからには一から始めなければならぬ。生活がまるで変わった。水洗トイレもガスも満足な食べ物もない。空襲に怯える毎日であった。

八月一五日、終戦の日、すべてが解放された。空襲も、男尊女卑も、古いしきたりも……。

やがて長男が復員し以前の商売に戻ることになる。戦後の混乱期を兄が引き継ぐことにも……。焼け跡に市から融資を受け家を建て、兄は結婚した。父と二人は商売に専念した。

戦後の復興は繊維から始まった。〝ガチャマン〟といって機械が動くたびに「万」のお金が動くという。繊維関係の商売だったので波に乗った。戦前にいた店員もほとんど戻った。昼食の準備も母と兄嫁の仕事だった。

昭和二六年三月三日、父が脳溢血を起こし倒れた。五十八歳の時である。幸い、店の仕事は兄の手で続いたが、父は仕事に復帰はできぬ。金銭面では全面的に兄に頼ることとなった。その時、母は四十五歳であった。わたしは二十一歳、下の弟は十三歳。父はしきりにわたしの縁談を気にしていたのを思い出す。ある程度回復しても元には戻らぬ。半身不随で母に介護されるまま自立することなく、昭和四二年五月一五日まで生きた。

その前に、昭和三三年、わたしの妹、つまり次女を病で亡くし、昭和三九年に大事な長男の商売上での自死があった。子に先立たれるほど辛いことはないと思う。母の人生は、一体何だったのだろう。長い介護生活の上に姑につくさなかった分、嫁を助ける立場となる。

長男を亡くしてから、遺された子どもたちの母代わりとなって家を守り、嫁は夫の仕事の後を継いで大黒柱となった。店員たちの助けもあり、孫たちも順次結婚し独立した。

わたしは昭和二八年に結婚した。父はその時杖を突きながら参列してくれた。母はわたし名義の株券を売却したようである。

婚家も夫の父は亡くなり姑と三人暮らしだった。そこでわたしは初めて他所の家庭を知った。考え方の違いが受け取り方で異なることも。

姑は跡取り娘で自由な人だった。例えば、娘のしつけ方において、嫁げば嫌でもせねばならぬ家事は覚えなくても、家にいる間はのんびりしていれば良いという方針。わたしの母は先に嫁いで困らないようにとの配慮からか、家事全般を仕込もうとした。自分の体験からか、わたしに信用がなかったのか。いずれにせよわたしは母を客観的に見るようになった。その時、今までの母は絶対という観念から巣立った。目からうろこだった。遅い反抗期だったのかも。

ある時姑に言われた。貴女の言葉には時々とげがあると。それが頭の良いところかも知れないけれど、とやんわり言われた。それは自分ではまるで気がつかないことであった。

二度目の出産の時だった。全く予期せず双子が生まれた。産後の病室で母は親戚に恥ずかしいと言った。言われたわたしはどんなに傷ついたか。そして。その言葉が相手に打撃を与えていることに、まるで気がつかない無神経さが余計悲しかった。

振り返ると、わたしは常に欠点を指摘されていた。色が黒いとか、背が小さいとか、劣等感に悩まされていたが、事実だと受け止めていたもの。が、この時ばかりは相手に対する配慮のなさ、自分本位の情の剛さを感じた。しかしそんな感情とか受け答えをわたしは知らず知らず受け継いでいたのかと……。

弟が大学に合格した時、入学祝に食事を招待した。お祝いに財布を、食事はとり料理を出した。あとで母から、あの子は財布は持っている、鶏は嫌いなのだよと言われた。

先に聞いていれば良かったのか。

わたしは学んだ。母を反面教師にすればよいと。弟には末っ子なので最も愛情を注いでいた。時にそのことが諍《いさか》いの元となったりする。一人で家庭を支えていたという自負からか意志の強い人で、人の意見にはあまり耳をかさなかった。わたしは以前、姑に言われた一言がいつも頭から離れなかった。相手の立場になって考えることの大切さを。

晩年こそ自分のための生活を持ってほしかった。時々、旅行に誘った。京都、北海道、ハワイへと。体も心も頑健だった。ともに出掛ける友は持たなかった。夫と長男に先立たれ、後家の頑張りか、女は三界に家なしか。

九十歳の時、トイレの前で転んだ。入った病院で肺炎を併発した。娘としては、そのまま逝ってほしかった。現代の医学の進歩は彼女の寿命を徒《いたずら》に延ばした。その病院から老人病院に移り、三年近くの寝たきり生活を送る。植物人間のように。誰にも看取られず、何の意味があったのだろう。

葬儀には大勢の人が見送った。最後までわたしにとっては反面教師のような存在であった。

早いもので、いつの間にか十七回忌も通り過ぎた。

丙午雑稿

丙午《ひのえうま》とパソコンで入力すると、その語源からいわれから、それについての悩みなど、種々雑多に多数ヒットする。

わたしは四柱推命について色々調べているので、考えてみたい。

人間は万物の霊長として、他の生物とは異なるものと思うのがそもそもの間違いであり、錯覚である。

生物はすべて自然の営みから生じたもので、自然に支配されるのは当たり前。

その昔、自然現象を木火土金水の五行に分けたのは中国の先人たちが、何千年の知識と経験と統計に基づき考え編み出したもの。東西南北も、春夏秋冬も、二四時間も、干支も……。その中に繰り返される法則のようなものを探った上での、付けられた代名詞である。

丙午も統計上から浮上したもので、一概に迷信として切り捨てるべきではないものと思う。

たしかに同じ学年の人が同じ人生を辿ることはない。干支で判断するのは、ほんの一部であり、置かれた環境、例えば同じ種でも、日の当たる所と日陰では育ち方が違うように……例外も多い。要するに確率の問題である。故に単純に迷信であると無視するのではなく、考慮する余地はあるのではと思う。

干支と一概に言っても、生まれ年、生まれ月、生まれ日、生まれ時にある場合とに分かれる。すべて万年暦から算出する。

生年にある場合は、その人の主として幼年時代、先祖の盛衰、母の状態を表す。

生月にある場合は、その人の主として成人期、家庭の盛衰、父にかかわる。

生日にある場合は、主として自身と配偶者の盛衰、中年以降を司る。

干支の五行の意は、火と火であり火の燃え盛る様《さま》、天上にのぼる勢い、カラッとして人に見上げられる存在。これをもつ人は女は美人が多く、男は成功する人も多いが、生日にあると養子に縁が少なくない。結婚については、どちらも相手を選ばないと再婚の憂いを持つ。美と情熱に富み芸能人に多く見られるもの。あくまでも、統計上の結果である。代表的な例を次に挙げてみたいと思う。

○生年に丙午のある場合

・有森裕子

一九六六年　丙午

　二月　庚子

　一七日生　庚戌

一〇代から才能を発揮、八〇〇ｍで度々優勝。早くから家を出てマラソンに挑戦、オリンピックで銀メダルと銅メダルをとった。

・皇女和宮

一八四六年　丙午

　七月　甲午

　三日生　甲午

任孝天皇の娘、一八六一年徳川家の家茂に嫁ぐ。六六年家茂死去、母、兄も死去。多芸の人。七七年死亡。木と火が多すぎて燃え上がった象。

・朝永振一郎

一九〇六年　丙午

三月　辛卯

三一日生　甲戌

父親は学者、幼児より優秀。物理学者となる。四〇年結婚、六〇年ノーベル賞を受賞。一九七九年死亡。

・野村萬斎

一九六六年　丙午

四月　辛卯

五月生　甲子

狂言師の家元、一九七〇年狂言初舞台。八五年俳優デビュー、無形文化財保持者。数々の賞に輝く。

・松本明子

一九六六年　丙午

四月　壬辰

八月生　丁酉

八二年単身上京、才能を発揮、アイドルとして活躍。九八年年下の人と結婚する。

・湯川秀樹

一九〇七年　丙午

一月　辛丑

二三日生　壬午

父親は地質学者、姉二人、兄二人、弟二人。三二年湯川家の養子となる。四九年ノーベル賞を受賞。物理学者。

○生月に丙午のある場合

・秋山豊寛

一九四二年　壬午

六月　丙午

二二年生　丙午

生月にも生日にも丙午があり生年も午年である。六六年丙午年にテレビ局の記者となる。各国をまわり九〇年に庚午年、宇宙へ飛び出る。日本初の宇宙飛行士。現在は大学教授。

・葛西紀明

一九七二年　壬子

六月　丙午

六日生　戊辰

壬子は水水、丙午は火火、正反対なので両親離婚。九六年丙子年、母は放火により死亡。二〇一四年甲午年結婚、スキージャンプの記録更新中。

・桐島洋子

一九三七年　丁丑

七月　丙午

六日生　甲午

父は財閥の重役。六二年、米人の妻子ある人と関係し未婚の母となる。作家として活躍、三人の子どももみな著名人となる。丙午は子どもにあたる。

・塩野七生

一九三七年　丁丑

七月　丙午

七日生　乙未

父は詩人、読書好きの教師でもあった。六三年イタリアへ、六八年作家デビュー。イタリア人医師と結婚、のち離婚。一人息子は映画製作者とか。

・土井正三

一九四二年　壬午

六月　丙午

二八日生　壬子

プロ野球選手。六五年に巨人に入団、丙午は妻にあたり東大医学部教授の令嬢。七八年戊午、引退以後、監督、解説者。二〇〇九年膵臓がんで死亡。壬水は血液、ホルモンの意味がある。水と火ばかり。

・ドナルド・キーン

一九二二年　壬戌

六月　丙午

一八日生　丁巳

父は貿易商。両親離婚により母子家庭で育つ。四〇年より日本研究、通訳、大学講師など。五三年、京大留学、日本の文士たちと広く交流、貢献。二〇一二壬辰年、日本に帰化する。独身。

○生日に丙午のある場合

・吾妻徳穂

一九〇九年　己酉

二月　丙寅

一五日生　丙午

舞踊家。二八年、歌舞伎役者と駆け落ち、結婚、二児を産み、三九年、内弟子と駆け落ち……後、離婚する。三三年、吾妻流家元となる。五〇年、家元を長男に譲り宗家となりアズマカブキを立ち上げ欧米を巡る。九八年死亡。

・西条八十

一八九二年　辛卯

一月　辛丑

一五日生　丙午

詩人、作詞家、仏文学者。実家は大地主、父亡きあと没落。一六年結婚、一九年詩人デビュー、大学教授。長男は学者、長女は詩人に。一九七〇年死亡。

・佐渡裕

一九六一年　辛丑
　五月　癸巳
　一三日生　丙午

指揮者。八九年、コンクールで優勝、デビュー。九三年離婚、九九年再婚。二〇一一年、ベルリンフィルを指揮する。

・貞明皇后

一八八四年　甲申
　六月　庚午
　二五日生　丙午

大正天皇皇后。一九〇〇庚午年、結婚。一九一二壬子年、明治天皇死去、大正天皇の

皇后となる。一九二六年、天皇病弱のため死亡。一九五一年、死亡。女傑といわれた。

・原節子

一九二〇年　庚申

六月　壬午

一七日生　丙午

兄弟多く一九三五年、女優としてデビュー。三六年丙子年、初恋すれど反対され実らず。四九年、毎日映画コンクール演技賞。六三年、映画界を引退。二〇一五年九月、死亡。生涯独身。

・藤圭子

一九五一年　辛卯

七月　甲午

五日生　丙午

演歌歌手。六八年上京、六九年デビュー、七〇年ヒット。七一辛亥年、結婚。七二年

壬子年離婚。七九年、引退。八二壬戌年再婚、二〇〇七年別居。二〇一三年、死亡。

・前畑秀子

一九一四年　甲寅

五月　己巳

二〇日生　丙午

早くから水泳で頭角を現す。三一年、両親死亡。三二年オリンピック平泳ぎで銀メダル、三六年ベルリンオリンピックで金メダル。三七年、結婚。八三年脳溢血、リハビリ。九五年、腎不全で死亡。

・又吉直樹

一九八〇年　庚申

六月　辛巳

二日生　丙午

お笑いタレント、作家。二〇〇三年よりコンビを組み活動。一五年芥川賞をとる。

・マルチナ・ヒンギス
一九八〇年　庚申
九月　乙酉
三〇日生　丙午
スイスプロテニス選手、七歳で父と別れる。九四年プロデビュー。九七年最年少世界ランキング一位、二〇一〇年結婚。

・雪村いずみ
一九三七年　丁丑
三月　癸卯
二〇日生　丙午
歌手、女優。四六年、父自殺、母、倒産。五二年プロ歌手となる。五三年レコードデビュー。六一年結婚、六六年離婚、六七年再婚、後離婚。

以上、ほんの一部を抜粋したが、もちろん丙午のある人でも平穏な人生を送っている人は多々いる。ただ、この干支は他の干支に比べ強力で個性的で、時に落差が大きいのだ。うまく環境が整えば無難な人生となる。

例えは違うが、一昔前まではガン患者に告知するか否かは、随分討論されたものだが、今では完治は無理な人にもあっさり病名を告げるようになった。一時はショックを受けても、それなりに対処の仕方と覚悟を持ち得る。

丙午も統計上から出たもので迷信と無視せず、生まれつきの定めとして受け入れ、先人の過去を辿り、将来への指針とするに越したことはないと考える。

ビバ ハワイ

一九八七年一〇月三一日〜一一月五日

一〇月三一日土曜、一三時五〇分家を出、タクシーを拾う。一七時一〇分発成田行JALに乗るため。一四時五〇分小牧空港着。そこで母、兄嫁と合流。喫茶店に入り時間を潰す。二〇日前後はちょっとした寒波に見舞われたが、ここ二、三日は平年並より少々暖かく、過ごしやすい日々だ。これより都合四人、小牧空港より国際線。成田経由でハワイに向かうのだ。名古屋直行便は日、月、木、金のみとのこと。土曜出発は時間のロスを伴うのは承知の上である。

ＪＡＬ72便は定刻出発し、無事成田到着。二〇時五〇分発ホノルル行まで待合室で二時間ほど過ごす。スーツケースは小牧よりホノルルまで直行してくれるので、手続きは一切なし。しかし、待合室より外へ出られぬため、雑踏にもまれることもないが軽食を不味いうどんで我慢する。

思えば、この日を迎えるまでの道のりの何と覚束なかったことか。第一に母の年齢が八十二歳という高齢。しかも、間の悪く高血圧の症状が出たり入ったりして、決めてから都合不参加の決心を二度聞いたが、三度目の正直であろうか、気分は悪くないという。ここに至っては、これから先何事も起こらず、無事再びこの地を踏めるようにと心より祈る。

待ちくたびれて乗り込んだ74便は、前より十六番目の席。後ろの方は埋まっていたそうだが、前の方はガラガラ。連休前だというのに、新婚らしき人もそれほど見かけない。もっとも今のカップルは、ほとんどラフな格好で身軽な雰囲気の人が多く、人目をひかない。それにしても、こんなに空気を運んで日航は採算が合うのかしら。ハワイ行は、この七月から成田より一日二便になったという。しかも、この前のテレビではこの線はドル箱とのこと。しかし、この空席は旅行社の力不足ではなかろうか。ちょっと気味悪く思うが、乗った船からは降りられない。最初は神妙に自席で食事などしたが、ままよ、空席を無駄にすることもないわと一人三席ずつ使って眠り込む。ちょっとした寝台飛行である。まあ、思いがけない幸運に素直に感謝しよう。

大した揺れもなく、六時間四〇分後、ホノルル時間一〇月三一日八時五五分、定刻通り到着。絶対落ちないという保証さえあれば、こんな楽な乗物はないとつくづく思う。

ホノルルにて一〇月三一日。

入国手続と荷物受け取りは各自の責任。添乗員付きの旅行でないので、あちこち聞いたりして、ちょっと戸惑う。やっと外に出てルックの係員に迎えられ集合地点に辿り着く。そこでレイをかけられ記念撮影。一〇時頃、市内観光のバスに乗車。前後シートの間が倍ほどある。特別の車というが、冷房が効いて寒いほどだ。やがてハイウェイを通って、途中、展望台で下車。眼下にホノルルの高層建築群。遠くにワイキキの海岸を見る。天気は良いが、高台のためか涼しさを覚え、ハワイは暑い所と思っていたので、意外に感じる。絵はがきやテレビなど、どこかで見たような景色だ。

いよいよ憧れのハワイ。これから徐々に近づくのであろうか。やがてパンチボウル記念墓地で下車。見事な菩提樹の植込みに見惚れる。イオラニ宮殿の前は通過。カメハメハ大王にはバスの中から拝謁。免税店では下車。初めてのウィンドウショッピングである。以後市内へ。説明会場のホテルへ入りホットミールの昼食となる。そこで思いがけずミールクーポンをもらい、今後の食事の気苦労がこれでなくなるのか?と狐につままれたような気分になる。ここでオプション申込みの説明など。ジュースはピンク色の変わった味。これは What? と聞いたら「クヮクヮ」と答えた。食事は肉、魚、野菜、ご飯がついている。それにコーヒーまたは紅茶、果物。ホテルのチェックインは三時過ぎとのこと。やっとパシフィックビーチホテルへ。一行は歩いて五分ほどの所へ案内される。ルックのデスクで部屋割。わたしたちは三五階の六二号室。母たちは六〇号室と隣り合わせとなる。早速エレベーターであっという間に着く。その速いこと。まるで高さを感じない。

カード式のキーで室内に入る。早速窓際に寄る。そこで初めて素晴らしい眺めが展開した。テラスより見る景色は、左半分がダイヤモンドヘッド。右半分が海。その対照も面白い。なお、海の何とも言えぬ素晴らしさ。色彩の濃紺、青、緑、水色、白とその鮮やかなこと。しかも、どこまでもどこまでも遠浅で澄み切った水、豊かでおおらかで、のんびりと、平和で、美しく、今までに見たことのない最高の海岸だ。打ち寄せる波も決して人にあらがうのでなく、弄《もてあそ》ぶかのように波乗りの人とたわむれている。素晴らしいパラダイス。

とにかく疲れた。バスを使ってベッドに倒れ込む。十何時間の長旅に時差を上乗せしてしばらくの眠りに落ち込む。夕食はクーポンを使って、ホテル内の「将軍」で、母たちはすき焼、わたしたちはすし定食、その種の新鮮で美味しかったこと。デザートのアイスクリームがまた今まで食べたことのないほど素敵な味。深みのあるまろやかなミルクの味に感激する。

ここのベッドはセミダブルで、伸び伸びと不安なく休める。薄い掛布一枚で心配であったが、やはり南国、ちょうどよい。時として暑さも感じたりして窓を開ける。明日は七時半に集合とのこと。しっかり疲れを癒やさなくては。

一一月一日。

七時半、ルックデスクの前に集合。落伍者もなく、カウアイ島旅行にとバスで空港へ。九時二〇分、飛び立つ。二五分後着。一〇時、観光バスで島巡りの始まり。ワイドアビーチを通り、オパイカーの滝へ出て、最初の下車。記念撮影。今日は、どうも天候が不順のようで、せっかくの景色も時たまの雨で半減されたかたち。ガイドさんの説明で、アラマンタの花、黒パンの木など眺めながら進むが、今頃は花の少ない秋に当たるようだ。南国常夏の国とはいえ、植物には四季もあるとみえ、花も咲けば実のなる時もある。暑い場所もあれば高地の涼しいところもある。これからは冬に向かうとか。程度の差が少ないだけのこととは初めて知った。未開拓の山地が多く、秘境もあり、まだまだこれから開発される余地が十分なところと思った。しかし、オアフ島に比べて気候の安定度が悪そうで、四、五年前の台風の傷跡をそこここに見た。

ガイドさんは、ムームーを着た中年の女性。昨日のバスもガイドを兼ねた運転手は女性であった。何とたくましいこと。こちらは女性の方が優れているのであろうか。巧みな日本語に、ここは日本かとさえ思ってしまう。

一〇時三〇分ワイルア川に到着。屋形船の観光船でさかのぼる中でハワイアンの生バンド。美人のフラダンスを眺めながらシダの洞窟へ向かう。途中、降り込む雨に席を替えたりしながら。あいにくの天気で足下を気にしつつ洞窟の前へ。ここで結婚式を挙げたという数々の若いカップルの雰囲気をハワイアンソングとともに味わう。

一一時五〇分より昼食。バイキング。一二時二〇分出発。激しい雨が降ったり止んだり。一三時三〇分、塩ふきの地に着く。自然の妙をまたここに一つ見る。やがて車は激しいカーブの連続。飛行機よりはるかにシートベルトの必要を感じながら山路を上り、ワイメア渓谷に到着。雨も降り、疲れ果てて下車をためらっていたが、一瞬の晴間に勇を起こしのぞきに出かける。別名ミニグランドキャニオンとか。素晴らしい渓谷美を雲の狭間に眺める。奇跡のような一刻であった。やがて、免税店に立ち寄りショッピングの時間。うまくスケジュールが立ててあるものだ。日本の店かと思うほど日本語の達者な店員が実に上手に売りつける。ヘムタイト、ラピスラズリーのネックレス、黒珊瑚の指輪などをお土産に買う。

もう少しお天気がよかったらとの思いを残して、一七時三〇分、空港を飛び立ちホノルルへ帰る。一日、大した強行軍であった。夕食はパン、牛乳、果物など。ホテル内のスーパーで買ってお腹を休める。明日の朝はゆっくりしたいもの。

一一月二日。

ワイキキの朝は金色である。朝日が海面に映え、何とも言えない大自然の美をそこに見る。高層ビルの群れも、この三五階の部屋からは何の支障もなく、近代的な味さえ感じる。ただ、車の音か何の音か騒音が絶え間なくあるのが玉にきず。まあ、それはぜいたく過ぎるかも。今現在の幸せを十分に満喫しよう。遅い朝食を「将軍」バイキングでとる。メニューは、ご飯、味噌汁、小梅、卵、のり、冷や奴、納豆、焼魚、ハム、切り干しの煮物、ひじきの煮物、おひたし、漬物などなど。日本より日本らしい。

また、こちらは果物が実に豊富でおいしい。そして人々が陽気で底抜けに明るい。メイドさんまで、出掛けるわたしたちに「バーイ」と実に屈託がない。いつも幸せ、不満などないわといった感じ。これも一生なら、わたしたちの人生は何だろう。毎日がバカンス。世界のオアシスの島。底抜けに明るく豊かな世界。せめて、いる間だけでもあやかりたいもの。商売上手な華僑のよい「かも」になったりしても、十分に楽しもう。一日乗車券を使ってトロリーバスに乗り、免税店で降りる。ショッピングしながらロイヤルハワイアンショッピングセンターを歩く。

一六時三〇分、母を残して集合。サンセットクルーズに参加。バスで波止場まで三〇分。そこから舟で海上へ。ハワイアンバンドとともに夕焼け色の海を行く。少々揺れるが、酔い止めが効果を発揮？　何ともロマンチックな気分だ。四角いテーブルに三人掛ける。新婚カップルがほとんどだが、独身グループ、小母さん組なども。彼女らはレイを掛け真っ先にハッスル、フロアに乗り出し、踊りまくる。

十分、皆を楽しませてくれる船上での夕食。ジュース、ビールの水割り、牛鶏のステーキ、野菜、パン、コーヒー。こちらの人は毎日のことであろうに実にタフで、サービス精神が旺盛だ。この人たちには不機嫌という言葉はないのかも知れぬ。恵まれた気候風土はこんなに楽天的な人間をつくるものなのか。フラダンスに若い人もフロアいっぱいに参加。今の人は踊り上手。これからは引っ込み思案の日本人を捨てて、外国人と対等に渡り合ってほしい。ホノルル市街の夜景の素晴らしさ。自然と人工がミックスされた桃源郷。あらゆることを忘れた一刻であった。忘れられない思い出となろう。興奮がすっかり尾を引いたのか眠られず、安定剤を飲んで寝る。年寄りの冷や水だったかな?

一一月三日。

早いもので今日は最後の日。明日は朝出発となる。朝食は一階レストランで洋食バイキング。色々なパンを少し余分にとって昼食に備える。初めて皆揃って海岸へ。観光客の二割は日本人とか。そのほとんどが新婚カップルらしく、白人の若い人はあまり見かけぬ。ここは日本の新婚カップルのメッカか。白人は年寄りが多い。チビありデブあり、様々だ。すべて解放されて、泳ぐ人、甲羅干しの人、波乗り、はたまたヨット遊びなど。南の国の楽園。この言葉がピッタリする。人情も、自然も、空気も、気候も、食物も、何の不満もなくどっぷりと体を浸ければ、他のささいなことは目をつぶろう。もう少し日本に近ければよいのに。

きれいな砂浜は程良く、海水は暖かく、塩分も甘い。日焼けさえしなければ最高に気に入るのだが。午後は土産物のショッピング。たいていの店は日本語が通じるので不自由はない。たまたま片言のチャンポン英語など通じたりして結構面白い。どの店も売りつけることの上手さに舌をまく。買わぬつもりがついのせられたりする。免税店でウイスキーを買うのを思い立ち、再度出かける。デューティー・ショッパーズ、最初にここへ来れば良かったと思うほどバラエティに富んでいる。しかし、証明書が東京着になっていたため、名古屋に変更するのに意外に手間どる。お酒だけ買って早々に帰る。

一九時、ホテル近くの「ふるさと」で最後の夕食。わたしたちはうどんすきを食べる。このホテルの難点は、夜何もできないこと。暗いスタンドのみで整理がしにくい。寝るのみとなる。でも、明朝七時にスーツケースを取りに来るのであらかた荷物を片付ける。日目まぐるしい四日間で見残した所も随分多いが、雰囲気だけは感じとったつもり。日本以外の世界を肌で感じるのは自己を高めるためにプラスにならねばネ。ちょっと日本人的な発想かな?

今一つ感心したのは、女の人が実によく働くこと。聞けば女性の方が収入が多いとのこと。これは能力の問題か社会の問題か概念の問題か。この点は日本の方が後進国といった感じ。まだまだ女性は対等に進出しなければ平等の位置までには余地がありそう。与えられた平等と勝ちとった平等の差を見たように思う。

常夏の国ハワイ。でもそこにはやはり少々の春夏秋冬があり、原住民族の平均寿命は五〇年ほどという。厳しい気候条件の日本は世界一の長寿国である。一体、何が幸いするのであり何が幸せであろうか。明るく楽しく短い人生を送るのと、働いて働いて長生きする一生とどちらが幸せか。ま、幸せはその人の心の中にあることでくよくよ考えることではないかも。でも、太平洋の真中に今いるこの現実。科学の進歩はわたしにまでこんな恩恵を与えてくれた。すべて先人たちの積み重ねた賜の上にある。遥かに、彼等たちに比べては幸せに違いない。しっかり感謝せねばならないと思う。

一一月四日。

九時、デスクに集合。帰路に就《つ》く。ホノルル一一時発ＪＡＬ71便。58Ｆは後尾より二番目中央席。満席である。成田まで七時間五〇分とか。帰りの方が時間がかかる。ホノルル時間では日中に当たるので、眠れず、少々退屈。でも順調に飛行。定刻に成田着。

無事日本の土地を踏むことができて、まず安堵。

一一月五日。

日本時間一四時五〇分。三時間待ち合わせ後、小牧に向かう。一九時半名古屋着。思えば長いようで短かった六日間。よく無事に帰れたもの。ラッキーなこと、思わぬハプニング、怒ったり笑ったり、色々な思い出もあったが大事もなく家路につくことができる。

すべてに感謝する。やっぱり生きているうちに、体の自由なうちに色々な体験を積むのは、たとえ大金が消えても目に見えない心の財産として大切にしたい。今夜はきっとぐっすり眠れることであろう。

マニラから帰って　―子どもたちへ―

この夏、マニラを垣間見て、戦後の日本を思い起こしたり、タイムスリップして、一世紀前に戻ったような感覚に陥ったりして、何だか無性に過去のことを思い出したくなりました。年のせいでしょうか。スラム街を目にしたからでしょうか。

その中でも、父のこと。父についてはあまり詳しく話をしたことがなかったように思います。あなた方にとっては、中気で半身不随のボケた老人に映っていたでしょうが、父の生涯はそのまま戦前戦後史でもあり、偉大な人でもあったのです。この際、記憶を掘り起こしてみるのも一興と感傷に駆られました。

また、人は皆、先祖の生まれ変わりといいます。遺伝子が、ただ船を乗り換えるだけ。なら、自分のルーツを知るのも何かの感慨にはなるでしょう。今まで、戦後の苦労話など思い出したくもなく、口にする必要もなかったわけですが、あなた方の祖父の一人はこんな人であったと知っても良いしと、口下手の私は父にまつわる事柄を筆にまとめてみました。

私にとって父は男尊女卑の典型で、口答えなど到底許されぬような怖い存在でした。明治二六年一〇月一日、父は今の江南市のはずれ、鹿子島という所の蚊帳工場の、男三、女三の六人兄弟の長男として生まれました。

先祖は平家の落人とか。母親が小学校上級の時、中毒で急死。幸い継母には子がなかったのですが、妹一人は養女に、父は学校卒業と同時に、宇都宮の親戚より中学に通うことになります。

その頃、進学するのは村で一人あるかないかです。さぞ淋しい旅立ちだったと思いますが、人には好かれる子であったと想像します。当時、長男は戸籍を抜くことができないのに、古知野に住む父の叔父は次男、三男でなく父を養子にほしいと気に入られていたようです。

中学卒業後、単身東京へ。明治大学の特待生として、月謝は免除、しかし苦学が続いたようで、上京した弟たちの面倒をみたり、その頃の日記が毛筆で書かれ、何冊も箪笥の中にあります。折にふれ母は子どもたちに対する戒めの材料としました。主に父はいかに努力したかがテーマでしたが、その頃の私には良い印象は残っていません。

朝は早く、お釜の蓋はまな板となり、足袋が破れれば墨を塗り、夜は中国語学校へ通うなど子ども心には、縁のない話でした。やがて、大学卒業と同時に興和紡績に入り、営業マンとなります。先に述べた父の叔父の養子となり、叔父の妻の姪（私の母、十三歳年下）と結婚します。父の叔父は父夫婦を両貰いしたわけです。姻戚関係ですが血縁はありません。

叔父は父の父の弟で、古知野一の素封家、安藤家の娘と結婚、町の目抜き通りに居を構え生糸問屋を営み、使用人も多く手広く商いました。土地をあちこちに持っても子供がなく、妻の姉（安藤家の長女）の長女（つまり私の母）である姪と自分の甥をめあわせたのです。

当時、安藤家は犬山に別荘を持ち、広い屋敷の中の東亭にはピアノがあり、プールを町に寄贈していて、私も子どもの頃そこで遊んだ覚えがあります。

しかし商社マンである父は叔父の家には入らず、海外勤務が多く中国の天津に赴任、帰国後も浜松、大阪と転勤、単身ヨーロッパ、インド、ジャワ、スマトラと再三出張したとのこと。皆、私の生まれる前のお話です。

各国のラベルを貼ったトランク、異国のお土産など幼時には周りに散在していました。当時には数少ない短波ラジオ、ドイツ製のミシン、マージャンパイなどなど。

のちのことですが、私の兄（長男）は根っからの商売人、名古屋第一商業を卒業と同時に進学を嫌い、大阪の商社に入りました。次兄は父の訪欧中、妊婦は読書せよとの指示の結果か学者となり、三兄は私の生まれる時、手助けにと先に記した父の叔父夫婦に預けられ、そのままその家の本当の戸籍上の養子となり現在に至ります。それがあなた方にとって古知野の伯父であり、本当は父が継ぐべき財産を継承しました。父は長男ゆえ、その頃は戸籍が抜けず、かといって生家は次男がみているのでどちらの財産相続も全面的に放棄、戦後の土地成金を横目に、私たち子孫にとっては先祖の恩恵はまるでなかったものです。

やがて、私が生まれてからだと思いますが、父は仲間と意見が合わず独立。退職金を元に兄弟と合名会社を起こします。余談ですが、母はいつも、あの時辞めていなければ今頃は社長のはず、同期の人が皆偉くなっているので……、とこぼしていましたが、その頃の大学卒は、のちの県知事とかデパートの社長など、ほとんど顔見知りのようでした。

父は繊維取引所の仲買人という、大変な資本と信用が伴う仕事を始めたのです。言わば証券会社と同じようですが、ちょっと専門的、もっぱら家は綿糸とスフ糸を扱っていましたが、他に生糸、毛糸などを扱う部分もあります。証券と違って現物を取引することもあり、家には芯地、綿布、裏地など大量に積まれていることもありました。反物の陰に隠れてよく隠れん坊をしたことを覚えています。

武平町にあった社宅を出た父は、本重町に一〇〇坪ほどの土地を買い、大きな家を建てたのです。外国を見てきた彼は、木造ながら地下室を作り、壁際は本棚とし、中心に卓球台を置き、ハンモックを吊り遊戯室とし、また貯蔵室もつくりました。一階は事務所、土間、吹き抜け天窓のある書斎、一〇畳の座敷等々、二階は八畳六部屋、廻り廊下、ベランダ付き、建ちが高いので三階に屋根裏部屋がありました。中庭を挟んで裏座敷、八畳二部屋、キッチン、トイレ、物置部屋、その奥に庭があり、細長い敷地でトイレも三カ所あり母が掃除に苦慮していました。私は裏座敷を壊してプールを作ればよいのにと思っていました。思えば、その頃が父の絶頂期ではなかったかと思います。

しかし、粗末な農村出身の父は、戸を構えたとはいえ勤倹精神は揺らぐことなく、もっぱら財を追いかける人、貯まればまた投資するという、いつまで経ってもお金の追いかけっこ。私はその中で育ち、生活は楽でもゆとりの生じない、例えば別荘を持つとか、お芝居を見るとか、食事に行くとか、そんな贅沢と思われることには無縁の暮らしに、まだ給料取りでも夢がある方が自分には合うように感じてゆきました。

ただ怖いばかりの父でしたが、三人目の（実際には四人目）初めての女児である私は珍しいのか、よく遊山地へ犬山とか新舞子とかに連れて行ってくれました。私が生まれた時は、「何だ女か」と無視されたそうですが。よく肩を叩かされ腰を揉まされたものです。

体の弱かった私が寝ていると、同病相憐れむのか（父も腸が弱かったので）、背中をさすったり襟元を押さえてくれたことは今でも記憶に残っています。外面の良い人、目立ちたがり屋、威張りたがり、頑固。その反面、家では無口で不愛想、明治の男の典型です。でも子どもたちの中で、私は接触の多かった方だったと思います。

このまま戦争がなければ、順調に何不自由なく恵まれたものでした。住み込み小僧が三人、季節女中が一人、四〜五人の店員に囲まれて近所では派手な存在でしたね。もっとも、伝来の広い土地と奥まったお屋敷を持つ家もそこそこにありましたが、大方そういう家は人がいるかいないかわからないような、ひっそりしたたたずまいです。季節女中とは農閑期の冬の間、新潟から若いお手伝いさんが毎年来ていました。キミさと言って真っ赤な頬の十代の少女で、忙しい母を助けてよく働きました。ある時、月見草（宵待ち草）の花を土産に持ってきました。今でも、その花を見ると彼女を思い起こします。

やがて、戦時色は強くなり、衣類は統制、衣料切符制となります。取引所は閉鎖され、店員たちは皆兵隊に駆り出されました。機屋は軍需工場となり、父は鋳物工場を始めました。夜は空いた小僧部屋八畳二間で、中国語の塾を開きました。当時は支那語といいましたが結構大勢の人が来ました。また、時には出征兵士の臨時宿舎にもなりました。もともと道徳とかお説教など、人を集めて話をすることの好きな人でしたから。

父は単純な愛国者でした。貴金属の供出など率先して行い、外地のお土産や記念品なども随分出したようです。正直者は馬鹿を見ると、のちに母はボヤいています。

長男は兵隊として満州に、次男は幸い理系学生のため召集されることなく信州に疎開、私は勤労学生として三菱航空機のタンクのゴム張り、妹弟は学童疎開で古知野へと、当時はどこもかしこも戦争一色です。

そのうち本土空襲が東京から始まり、名古屋も昭和二〇年三月一九日の夜、Ｂ29の大編隊に襲われたのです。凍てつく朝でした。隣家は空き家。そこに焼夷弾が落ちました。父は裏座敷の屋上にあった物干し場に駆け上がり、必死に防火用水をかけました。よそにもいっぱい落ちていて無駄だというのに。私たちは、庭に掘ってあった防空壕にラジオやミシンなどを放り込み、乳母車にはお米、鏡など、手当たり次第押し込んで、観光ホテルに避難しました。焼夷弾なので、鉄筋の建物は安全なのです。しかし、飛び火が荷物に落ちます。逃げる時、乳母車をひっくり返して火を消した時、鏡は割れました。

一夜にして焼野原となった焼け跡に、父は気が狂ったように壊れた水道管から水を汲み、金庫にかけました。商売柄、書類を入れるため一メートルほどあった金庫の外側は無傷のようでしたが、扉を開ければ燃えだします。何度も何度も水をかけました。その時の父の心はどんなであったでしょう。積年の財産が一瞬にして潰えたのです。今でも、その頃の光景がセピア色で浮かびます。

私たちは着の身着のまま、古知野へ落ち延びました。周りは借家の人が多かったので、ほとんどの家財を田舎に疎開させたり、引っ越したりして無傷に近いようでしたが、わが家では母が父の反対を押し切って、不用品のみが古知野に疎開されていただけでした。焼け出され、古知野に落ち着いても、まだ空襲はあります。名古屋は焼野原なので標的が、だんだん田舎へと移るのです。二度三度と焼け出される人もあります。皆、〝欲しがりません、勝つまでは〟のスローガンよろしく、食べるものも乏しく窮乏生活に耐えました。私は、市一高女から地元の丹羽高女に転校、旋盤工場でハンドルを握りました。父は畠を借りて耕し、野菜を作ったりして皆、生きるのに必死でした。昔の一家の長は、威張っていても責任感は強いものです。勤勉を絵に描いたような人。そして絶対、日本は勝つと信じて……。要領よく立ち回ることもなく、真面目一筋に。

例えば、父の末弟は大変磊落《らいらく》な人、大学を中退し、分家して古知野に住み商売をするのですが、戦時中しっかり家産を隠匿、戦後大成金となりました。数年後のこと、持ち上げられて町が江南市になる際、初代市長に立候補、ヘリコプターからビラをまいたという語り草の持ち主。彼は父のような几帳面さはなく時の流れに上手く乗れたのでしょう。でも、叔父には子がなく、兄の子を養女にもらうのですが、その人にも子がなく、市長在任中、私の父より早く他界。今は婿の親戚筋の人が後を継ぎ、莫大な財産は他人に渡ったようです。

三男は学校を中退しても市長になり、次男は慶応大学を出て家を継ぎ、長男は世界を廻り名古屋で成功（?）と、江南市で小玉家は名家になるでしょう。

それはさておき、父は戦後最低の無一文に陥ります。証券が好きで愛国者の彼の財産のほとんどが国債とか株券で、戦後は紙屑同然なのです。新円切り替えで預金は封鎖され、日銭《ひぜに》を得るのに精一杯です。安藤家のような素封家で大地主たちには、辛い筍《たけのこ》生活の時代です。

兵器を作っていた工場が鋳物の鍋、釜を作りました。母の実家より雑貨を仕入れ、店先に並べました。幸い古知野の家は商店街の一等地、私もよく店番をしたものです。父は朝四～五時に起き、時には家族の下肥を一丁ほど先の畠まで運び、畑仕事。朝食の後は名古屋に行き進駐軍の通訳を始めました。その頃、松坂屋の地下が進駐軍の接収場所になっていました。お土産にチョコレートやガムをもらってきました。私たちは学校、店番とそれが当たり前の生活でした。

やがて長男が北支から復員し、竹や籐の材料を仕入れて、見よう見まねで乳母車を編み並べると、飛ぶように売れ、注文が絶えません。器用な人です。そろそろ結婚をと父母は心配し、名古屋の焼け跡に市から融資を受け、小さな家を建てて今の伯母さんと一緒になりました。昭和二四年のことです。

区画整理で土地は戦前の半分ほどになっていました。兄は商売がしたくて仕方ありません。父の叔父の生糸商を手伝い始めます。

世の中もそろそろ落ち着き始めます。その間にも父は、古知野には当時一軒しかない度量衡商に目を付け、役所に何度も足を運び免許を取ります。今は自由ですが、その頃は米、塩、タバコなどと同じ規制された商いでした。店先に、物差しとか秤類が増えました。何を並べても売れる時代でした。後日、その免許は養子に出した三男に引き継がれ、現在は輸送車などを対象に大型化され盛大です。

やがて衣類の統制もとれ、需要は底知れません。食が足りれば衣の番でしょうか。父は繊維業界に顔が広く信用もあるので、商社間の斡旋をするブローカーを始めました。新しい名古屋の家の電話一本でできる仕事です。どこに何の原糸があるかを紹介しマージンを取る、いわば結婚相談所みたいなものです。額が大きいし元手も要《い》らないので面白いほど儲かります。その頃、私もよく電話番や伝票運びなど、商社や一宮の問屋などに行ったものです。そのまま現物紹介だけしていたら、どんなによかったでしょうか。

当時、同業者はうちと河内の二軒だけで、お互いに競争は熾烈でした。やがて取引所が再開されることになり、父はリスクの伴うこの仕事に乗気ではありませんでしたが、河内の息子と同世代である兄はその仕事に将来を夢見ました。親戚を回って資本を集めました。復員してきた元店員も家に戻ってきました。

兄が主体で仲買人の仕事は軌道に乗りかけました。しかし、この仕事は本当に命とりなのです。繊維は株屋と違って主に機屋とか紡績会社が主体です。現物の売買だけで済めばよいのですが、相場の動きに対処するための言わば保険というのが、本来のあり方なのに、思惑がらみ先物取引となると、証券の仕手株と同じ形になり、損客ばかり抱えると仲買人は窮地に立たされます。客と取引所との板挟みになって即刻、証拠金の増額に応じなければなりません。

やっと軌道に乗りかけた昭和二六年三月三日のことです。初孫のひな節句に古知野から寿司を持参、皆で昼食をともにした後、父はロレツが回らなくなり、ワラワラとくずおれたのです。最初の脳溢血でした。その日大量に損客の注文が入り、きっと頭の中は渦を巻いていたのでしょう。

急遽、南にもう一部屋作り、長男夫婦が古知野へ私たちは名古屋へと入れ替わりました。その日から父は完全に引退、実権は兄に移り、私たち兄弟は何かと兄夫婦に気を遣う生活が始まりました。

父五十七歳、兄二十八歳のことです。以後、十六年間復帰することなく次女、長男に先立たれた後、父は昭和四二年五月一五日この世を去りました。

昭和三九年、やり手の兄は星が丘に二〇〇坪の土地を買い、鉄筋二階建ての立派な家を建てたのですが、その年の暮、急逝。父はその家で最期を迎えたのです。思えば太くて短い生涯、絶え間なく生き急いだような半生。私は細くても長い一生の方が、どれだけ子供たちにとって幸せではないかと思ったりします。親になったら決して自分一人の命と思わぬよう心掛けてほしいです。

振り返ってみても、父娘として打ち解けて話をした覚えがありません。ただ偉大な人、忍耐の人、努力の人と母に叩き込まれ、その足跡には敬意を払いますが、家庭の人としてはあまりにも印象の薄い人でした。思うことを突き進んでやり遂げた彼としては本望だったのでしょうか。これも一つの人生だったのでしょうか。繊維業界の日の出とともに生きた人。今の日本はもはや多様化の時代です。

徳田の家、お父さんの先祖のことはあまりよく知りません。ただ、お父さんの母である姑の話によるとご先祖は相当古く、お墓にも代々東助の碑があるように、昔はお城近くの七間町という問屋街に手広く染物問屋をしていて、染物屋の御三家の一つに数えられていたそうで、嫁も京都の寺院から迎えるなど羽振りがよかったそうです。が、船場ドラマに出てくるようなお家騒動により、桜通り南の島田町に移転、やがて戦争となります。

代々養子娘の家系で、姑の父が道楽者、番頭に乗っ取られてお決まりの破産という形でしょうか。戦後はデパートの呉服部をしていたようです。姑は三人娘の末っ娘、長女が婿をとり家を継いだのですが、白土の伯母さんを産んだあと死亡。次女は既に嫁いでいて末っ娘の姑が後釜となり三人の子を産みます。

ゆえに姑は夫とは年が離れていて、お父さんの父親は私の嫁ぐ前々年に亡くなられています。姑は家付き娘の末っ娘ですから相当わがまま、かつ、旧家のゆえか格式を重んじる人でした。遊芸の嗜み深く演目の変わるたびに御園座に走ったりして、歌舞伎役者に詳しく、朝からお抹茶を楽しむゆとりのある人でした。

同じ商家育ちの私でも、別の世界のしきたりのようで戸惑いました。どちらかといえば私の実家は地味で、お金こそあれ基盤がありません。やっと一旗上げたいわば成り上がりです。掛け軸、骨董なども揃いかけた頃、戦争ですべてをなくしました。徳田の家もある程度なくしていても、伝統とか文化を感じるしきたりがあるようです。

十六歳女学校中退で嫁いだ母よりも、姑からの方が随分得るものがあったように思います。贅沢の気風、滅びゆく文化でしょうか。上町の上品な名古屋弁、野菜の切り方、茹《ゆ》で方、盛り方、魚の煮方、刺身の盛り付け、器の良否、もてなしの仕方等々、私にはカルチャーショックでした。でも、長男が家を池園町に建てられ、そこへ姑が行かれてからは、子育てと貯蓄に手一杯で伝統も文化も全くおろそかになりました。まあ、戦後は価値観もひっくり返った時代でもありました。今は豊かな時代です。夫婦別姓を名乗るほど、同権化しています。

どうぞ、より良い文化を子孫に残してあげて下さい。

小玉家のこと、兄が後を継いでからも、波乱万丈が続きます。また、次の機会にしましょう。

人の一生は波の大きい人と小さい人があります。しかし、その波に翻弄され象《かたち》は違っても舵を取るのはその人自身です。たとえ波が高くても、冷静に乗り越えられる力を持ちたいものです。

（付記）

息子の赴任先であるアジア開発銀行の本部のあるマニラを訪問した時のこと。見張りのいるゲートをくぐって住居はあり、そこは整然とした街。戦後日本のアメリカ村を思い起こしました。今の科学館や白川公園のあたりが「アメリカ村」といって、進駐軍の宿舎があり日本人は入れないところだったのです。その後、返還され名古屋の中心地になりますが、マニラにはこんな隔離された所がまだあるのかと驚き、国情の違いをつくづく感じたものです。

（一九九四年）

自伝　―がん顛末記―

物心ついたのは三、四歳の頃、大腸カタルで寝ていた時、縁側に置かれた「おまる」に何度も何度もしゃがんだこと。いつも、いじめるか無視ばかりしていた五つ上の兄が「かわいそうに」と言ったことなど、そんなささいなことから始まる。

その頃の男子はあまりペラペラ喋るものではないと言われたもの。常時、まるで無口で何を考えているかわからないような兄だったので、よけいにその一言が忘れられなかったと見える。

それ以来、しばらくわたしだけ牛乳を飲まされた。当時、牛乳はあまり一般的ではなかった。虚弱児だったのだろうか。

小学校に入っても放課後、検温グループに入れられたり、肝油を飲まされたり。肝油はドロッとした嫌な味の油である。後でドロップを与えられる。また、隣の小学校にある太陽灯を浴びに通わされたりもした。冬は手足ともに霜焼けでポンポンに腫れ、包帯が歩いているような子どもだった。

ある時、体温計をしっかり挟んでね、との先生の言葉に反応したのか、ポキッと音がして体温計が割れてしまったことがある。先生は慌てて服を脱がし怪我がないかと綿密に調べ、手紙を書いてわたしに持たせた。てっきり怒られると思っていたのに、母に手紙を見せると、あの体温計は家のと違って平型だから高価なもの、弁償せねばと学校へ走った。わたしの体を改めることはしないで。そんなに大事なものかと……悪いことをしたものだと……しょげた。誰も怒りはしなかったけれど、その時の先生の優しさが一生忘れられないことの一つとなった。

後日、その先生とは縁があったものとみえる。息子の縁談の時、仲介人としてお世話になったりした。


生来、人見知りの激しい子である。他人にあやされると横を向くか泣き出す。恥ずかしがり屋で可愛げのない子。食べ物も好き嫌いが激しく、無難なのは卵、のり、蕪菜のつけ物、味噌汁ぐらい。父母が肉好きなので、魚類は鰹節、鮭、丸干しくらいで刺身など魚の種類はまるで知らなかった。御馳走といえばとんかつ、すき焼きのたぐいであった。また、その頃は食べ物やお金の話などは、はしたないものとされ、「武士は食わねど高楊枝」と誇りに生きる時代だったように思う。

上の兄二人は幼稚園も素直に一人で歩いて通ったというが、わたしは店員の自転車で送り迎えされたものの、どうしても馴染めず、いくらご機嫌をとられても一カ月ほどでやめてしまった。

家ではいつの間にか文字を覚え、本をすらすらと読み、出入りの人に「早いね」とおだてられたり、とにかく内弁慶の子であった。

その頃家が大きく新築され、子どもは外で遊ぶもの、家にいると汚すのでと、よく追い出される。近所（子どもの目からは向こう三軒両隣くらい）の子には同年の子はいなく上下一つ違いくらいの子たちと、小学四年頃までは日が暮れるまで外で遊んだ。宿題をすますと、〇〇ちゃんあそぼと誘いに行ったり誘われたり、縄跳び、石けり、まり突き、かごめかごめ、花いちもんめ、かくれんぼ、鬼ごっこ、お母さんごっこ、お店やさんごっこ、お医者さんごっこ等々、遊びに事欠かなかった。兄弟と遊んだ覚えはあまりない。上と下とは五歳ずつ離れていたので相手になれなかった。雨の日は、家の中でお手玉、あやとり、折り紙、塗り絵、着せ替え人形などなど、一人遊びや童話を読んだりして過ごす。

その頃の家事は今と違って重労働の連続である。母は遊んでいる暇はない。ことに洗濯は無論手洗いで井戸水、シーツなどある時は昼頃までかかる。炊事は住み込み店員の分もあり大家族の食事作り。水道もあったが、風呂水は大方井戸水を二階に据えられたタンクに上げ太陽熱を利用する。夏はほとんど沸かさなくても熱湯が出たりする。深い井戸なので重くて、わたしなどはぶら下がったりしてポンプを押したもの。ガスもあったがコンロで火を起こし煮物に使う。風呂焚きは石炭のある時は良かったがだんだん不足し、コークス、薪となり目が離せなくなる。木造の家は埃《ほこり》が多い。朝、夕、はたきとほうきで部屋の掃除、縁側は米ぬかで磨く。

四季の行事も多い。春と秋との二回、畳を全部上げて大掃除。子どもの時はそれは珍しく楽しかったものだ。思いがけないものが落ちていたりして。店員たちの寝具の手入れ、毎年、中の綿を打ち直し布団をつくり、夏祭り、正月の晴れ着の準備、日々の縫い物等々。

ある正月、祖母の家が生糸問屋だったのでわたしは高価な着物を着せられ、気をつけてねと言われたのに、ぜんざいをこぼしたことは忘れようもないことだ。さすがに、正月ゆえか母は叱らなかった。以来、晴れ着を見るたびに思い出す。

日常の買い物は御用聞きが来て、注文された品を持参、通い帳に記入する。代金は月末払い。

朝は豆腐屋のラッパの音、昼過ぎにはリヤカーでの野菜売り、夜はチャルメラの音、二丁ほど東に公設の市場があり、お使いに行かされたりする。肉とか卵とか。ある時、ベッタラ漬けを買ってきてと頼まれた。心の中でベッタラ漬け、ベッタラ漬けと唱えながら、坂道で転んだ。わたしは、よく転ぶ子だった。そのとたん、何を買うのか忘れた。市場の漬物売り場の前で、なら漬けが目に入った。たぶん、これかなと思いそれを買って帰ったが、母は何も言わなかった。後で考えると、わたしの物忘れの始まりはその瞬間だったのかも知れない。

小学校は一丁ほど先、入学前に身体検査に行く。当時はストーブなどない。見たこともない大きな火鉢に赤々と炭火が燃えた暖かい部屋であった。わたしは三月二九日生まれだったので、四月生まれの子と一年ほど差がある。クラスには三月三〇日生まれの子もいた。男子二五人、女子二五人で一クラス、一学年二クラスであった。

一年生の受け持ちはベテラン先生である。低学年の時はあまり勉強した覚えはない。

唯一の思い出は、冬休みの作文が文集にのせられたこと。何故か不思議に思われた。正月にストーブのある店の間で、マージャンをして遊んだことを書いただけなのに。

四年生になって初めて男先生となり六年まで持ち上がりとなる。奥手のわたしもやっと他の子に追いついたかたちで、贔屓《ひいき》のない真面目な先生の恩恵を感じるようになる。五年から、琴のけいこと学習塾に通い、行動範囲も広くなる。

しかし、六年生になると大東亜戦争（第二次世界大戦）が始まった。一九四一年一二月八日のハワイ真珠湾攻撃より、日本は米英と戦争状態に入ったのである。

子どもには国力も経緯も何もわからぬ。以降、銃後の守りと戦い一筋の道を歩むことになり、何事も天皇のためと完全に洗脳されていった。戦争の正当性、アジア解放のためとか、正義のためとか、神国だからいつかは神風が吹くと真面目に思い、勝つことだけを信じさせられた。月初めには近くの神社に揃ってお参りに行く。授業中は戦地に戦う兵隊さんに送られる慰問袋の中身にと、作文や絵を描かされる。

今となっては、当時いかに無知であったかと……。教育の力の怖さをつくづく思う。人間の考え方ほど、変幻自在なものはない。戦後、人命は地球より重いと言った総理大臣もいたし、テレビは一億総白痴化に移行すると嘆いた評論家もいた。

日本は単一民族なので、宗教上や民族間の対立がないのが取り柄と思っていたが、欠点でもあったかも。皆、右へ倣《なら》えと分別する判断力に欠けると思う。

戦時下は何もかもに苦痛を強いられる。長兄は二十歳となると徴兵検査を受け、やがて戦地に送られる。内地も日々の食料不足に悩まされるように……。わたしの育ち盛りは選り好みなど到底考えられない、口に入れるものがあれば上等である。それが良かったのか、小学校時代は割と健康で、学校も風邪をひいて一日か二日くらい休むだけであった。

女学校に入って早々、ある時、さつまいもを切干にするため干してあったのが美味しくて、食欲のままについつい食べ過ぎて大腸炎を引き起こした。尿も黄色になり黄疸の症状が出て、学校を一週間ほど休んだ。それ以来、お米の代用食でもあったさつまいもには、良い印象を持たない。

敗戦後は、ますます食料不足で配給のみでは生きていけず、皆、闇物資に頼った。ある清廉な判事は闇商品を拒み、餓死されたという衝撃的な事件もあった。麺類が多く、夏のお昼は〝ひやむぎ〟だけとか、当時は皆夏痩《や》せしたものだ。おなかを壊すような食べ物はあまりなかったように思う。

世の中も徐々に落ち着き、食料も衣料も出回る。

結婚し、環境が変わったせいか、ある時、腹痛で検査したら白血球が高く盲腸炎と言われた。兄が小学六年の時盲腸炎で手術し、一中への受験に失敗したことが頭をよぎった。その頃は身近な病気だったのだ。実家の近くの軍医帰りの外科で手術を受ける。慢性盲腸炎とのこと。代理の若い先生が執刀し、麻酔が効かなくて辛い思いをする。術後も痛く、後で思うとお産よりも苦しかったように思う。今も手術跡がしっかり癒着して窪《くぼ》んでいる。若い医師にとってわたしは恰好の実験台だったのかも知れない。

妊娠は体の全機能を活性化させるのか、胃腸も正常となり食欲も旺盛となる。しかし、出産後五〇日頃から生まれて初めての頭痛に襲われた。頭の半分だけズキズキして、それが徐々に胃、腸へと移り、最後は下痢となり絶食して元に戻る。そんなフルコースが不定期に夜昼なく突発的に起こる。三〇代、四〇代は頭痛との戦いであった。それも更年期を境に嘘のように収まった。

次に訪れたのは、成人病である。検診で高血圧を指摘される。父が五十七歳で脳溢血を発症しているので、無関心ではすまない。運動不足かと気功、卓球、フォークダンス、コーラスのグループに入る。

六十歳ともなると、跳んだり跳ねたりのダンスは厳しい。先生と組んで模範演技などしたが、頑張りすぎたのか、ぎっくり腰からヘルニアとなり、痛みで眠ることもできず手術をした。その後、二十年ほどは後遺症で足の裏のしびれが続く。リハビリにとゆるいフラダンスに切り替え、老人ホームなど後学のためにもと慰問に出かけたりした。フラダンスとコーラスは長く続いた。

が、やがて降圧剤の必要に迫られる。初めての服用は六十五歳頃、四種類くらい併せて飲んだ。途端に、副作用か全身に熱を持った赤い発疹が出た。一回で飲むのを止めた。I先生からK先生に替わる。そこでのカルシウム拮抗剤一種類は副作用もなくよく効いたが、あまり薬は飲まない方が良いと思い、常時血圧を測定しながら夏季は飲まなかった。

七十一歳の時、突然、夜中に腹痛を覚え目が覚めた。みぞおちあたりが固くなりズキーンと激痛が走る。身動きができず、じーっと手で押さえる。いつかは収まるかとひたすら耐える。やっと、思い切って体をだまし無我の境地に押し込めて、体を持ち上げ体位を左に変える。すると、お腹がゴロゴロ動き出したようで、やがてガスが出る。スーッと痛みが収まる。その間、三〇分～一時間ぐらい。

ただごとではないと、翌朝医者に行く。エコーをとって、胆石が胆嚢にあるという。今は内視鏡手術で楽に取れるので、と外科医であるK先生は手術を勧める。このまま胆管がんになると大変だとも。

二〇〇三年二月、二週間ほどで済むという手術が三〇日ほどの入院となった。手術後、発熱三八度五分、痛みは全然収まらず抗生物質の投与、座薬の連続、白血球数は一万を超えた。手術時間は一時間四〇分、癒着していて時間がかかったとのこと、慢性胆嚢炎とか。黒いとげのある砂粒ほどの石が十個ほど瓶に入っていた。

後から考えると腑に落ちないことが多い。手術の後も一向に突然の腹痛は収まらない。大腸が悪いのかもと、大腸内視鏡検査を勧められ、四日ほど入院、がん化しそうなポリープを除去される。わたしの大腸は人よりも長いらしい。大変な苦痛だった。もうこんな思いは御免にしてほしい。以来、腹痛は通過障害として片付けられる。日中はけろりとしているので……。それより血圧の方が大事と焦点はそちらに向けられる。腹痛時には痛み止めの薬をと、実際にはそんな時飲めるものではない。

降圧剤は飲んだり飲まなかったりしていたからか、次第に効かなくなって来て、最高二〇〇を超えることも。さすがに心配で薬を十種類ほど試したが、どの薬も一週間は続けるが二、三日は効いても後は元に戻り、口内炎を起こして食事ができなくなる。唯一効くのは利尿剤であったが、必要なものまで排出するので良くないと言われた。

体力的にも、近くの医者がと思いO医院に替わった。今までの経過を話し、軽い利尿作用をもった昔からある降圧剤を処方され、今までにない手応えを感じた。何より胃腸障害がない。そこでみぞおちに起こる腹痛を尋ねると、膵臓が腫れているという。考えてもいなかったことだ。大体、膵臓は胃の裏側にあり位置さえも解りにくく、まして膵がんに至っては手遅れになる例が多いと聞く。胆嚢をとっても続く痛みは膵臓のせいかと、一瞬謎が解けた気持ちになる。

今や二人に一人はがんになる時代。決してわたしがなっても不思議ではない。著名な作家は、人間は一度は死ぬ、がんで最期を迎えられたらすべてを清算して心おきなく逝ける最高のプロセスと。

わたしは二度の手術の際、麻酔で意識を失っている。このまま逝けたら何の苦しみもなく楽なものと思ったりしたが、周りの人に迷惑をかけることは不本意だ。しかし、認知症や半身不随になるのも迷惑をかけるのに変わりない。二者択一となれば前者の方がよい、などと考えたりする。わたしの体は癒着と慢性がつきもので、勝手に慢性膵炎かと思ったりも……。

夫が八月救急車のお世話になってのストレスか、年回りが悪いのか、夜中の腹痛が頻繁に起こるようになった。なぜか右向きに寝ると駄目、極力、左向きになるよう、予兆を感じると体位を変えるが、ピークまで行くと、二、三日は食欲がなく絶食したりする。この際、原因が解ればよいとCT検査を受けることにした。

市の医師会検診センターへ一〇月一七日、CTをとりに行く。そこは新築されて間もなく交通の便利もよく、ピカピカの設備ですべてが事務的にテキパキと行われ呆気ないくらいに終わった。普通の健康診断と思えば、何も躊躇することはなかったのだと思った。

結果は一〇日ほど後にO医師に聞く。膵体部に小嚢胞を認めIPMNなどの疑いありと出る。先生はがんセンターで精密検査をした方が良いといわれる。さすがにすぐにとはためらわれた。二、三日ネットで検索、センターの位置や行き方を確かめたり、膵がんの症状、嚢胞の対処の仕方などや検査方法など予備知識を得る。この年での手術は断ること、苦しい検査は麻酔をすることなどを確認。みぞおちのあたりの痛みは続くし、食欲もないので開き直った気持ちで紹介状をお願いする。

一一月七日、一一時半の予約で四五分前に来いとのこと、地下鉄で二五分くらい、徒歩一〇分にある病院へ。天気もよく、少し遊山気分、好奇心もないまぜで……。以前、二回ほど訪れたことのある病院はどう変わったかと……。「自由ヶ丘」の駅を出るとさすがに空気が良い。開発はされていても住宅地なので静かでのんびりしている。各地からの来院者が多いためか、あちこちに大きな案内表示板が立ててあり、少し上り坂なのが難だが歩道が確保されていて迷うことはない。曲がり角で止まると、通りがかりの人が親切に案内してくれる。さすが全国区の病院のようだ。

少し高台の広大な敷地にあり、外来棟は三階建てで、主として二階に診療部分はまとまっている。以前に比べて随分明るく感じる。来院者は一見、どこが悪いのかと思えても、また何かしらの不安のあるはずなのに、一種の連帯感からか皆、親切だ。エレベーターを探していたら、誰かがさっと案内してくれる。少し他と違うのは、付き添いの者の多いことだ。看護師さんたちも実に優しく行き届いている。

受付をすますとがん研究資料の協力についての説明、同意書にサイン。別の部屋で愛がんネットの説明、ここでも同意書にサイン。初めてのことばかりですっかり戸惑う。一一時三〇分の予約時間には待合室に入る。電光掲示板に診察状況が次々と掲示される。

ほとんど番号での呼び出し、時にフルネームで呼ばれる時は、お名前でと断りが入る。細かい配慮を感じる。いつ、番号が出るかと目が離せない。予定が一時間オーバーした。第二待合室に入った時、壁に掛かった額の絵にホッとやすらぎを感じた。

先生はやさしそうな中年の男性、持参したCT画像を前に説明を受ける。この画面ではよく解らぬので、造影剤を入れてもう一度CTを撮るとのこと。血液検査、尿検査、承諾書にサイン。今は以前と違ってサインの出番が多い。

三時半からのCT検査を待つ。口がカラカラなので水とお茶をふんだんに飲み、テレビのある部屋で休憩。この病院の椅子はどこもクッションが良く、殊にそこは中庭に面し入院患者も点滴棒とともに休憩されている。一階にあり、しばし病院であることを忘れさせる。

CT検査も、見えづらいわたしの血管も男性の看護師さんにかかると、造影剤を難なく手首の血管に注入され、撮影。全身がカーッと熱くなる。後は水分を多くとり流すようにとのこと。食堂で夕食をすませたら六時近く真っ暗であった。長い長い一日であった。

一一月二二日、一〇時半の予約で、病院に向かう。不安半分、望み半分、二度目なので迷うことなく早目に着いてしまったが、全くその必要はなかった。待合室で待つこと、二時間近く、隣の人とお喋りする。彼女は八年目とのこと、やはり膵臓とのこと。最近マーカーの数値が高くなったので心配と話される。何の引き合わせだろう。同じような人のいるのに驚く。内視鏡検査で大変だったことや、以来、麻酔を使うようにしたとの話に納得、マーカーの結果に祈る気分になる。

何を言われても大丈夫、平静心でと結果を聞く。先生はあっけなく、この画像には前に見られたものは見当たらないと言われる。血液検査も正常と。そんなことがあるのだろうか。嚢胞は二〇日ほどの検査日の違いに出たり消えたりするものだろうか。唯一、考えられるのは、膵臓のツボは足の土ふまずにあると知り、絶えずふきらはぎとともに揉んでいたくらい。

とにかく、大先生の言われるのだから信じようと、肩の力が抜ける。これ以上は、内視鏡検査でないとCTではわからないと。わたしはお勧めしないがご希望ならしますとも。みぞおちのあたりの痛みは何かと尋ねると、まあ、お年ですからねと言われた。それ以上は尋ねるつもりのことも忘れてしまった。お礼を述べて一刻も早く帰りたくなった。とりあえず無罪放免と思って……。頭痛の時のようにいつか良くなるかも知れぬし、また悪化したりするかもわからぬ。成り行きにまかせようと……。もうご縁がないようにと祈りながらセンターを後にした。

そしてちょっぴり思った。生あるものはいつかは滅するもの。今の医学の進歩は目覚ましく遺伝子レベルでの治療も進んで、難病にも光がさしている。がんも克服されつつある。人間の寿命はどこまで伸びるのだろう。果たして、長寿社会は幸せなのだろうかと……。

（二〇一六年一一月）

たそがれ

わたしの頭は今、混乱している。

突然！　本当に突然……信じられない。

二歳三カ月年上の兄嫁に異常が発生したのだ。

一九二七年一二月生まれの八十九歳、検査の上ではどこにも異常は見られないというが……ついこの間、全く正常に「今から名鉄病院に入院するからね」と電話で話されたのに……。子どもの顔も分からなくなったという。ひたすら、わけのわからぬ言葉をつぶやき続ける有り様。もはや、異次元の世界に入られた様子だ。張りつめた糸がポッンと切れたのだろうか。周りの誰もが唖然とした。明日は我が身かとショックを隠しきれなかった。

高齢になってからでも、いつ、思わぬ病に見舞われるかも知れぬと……。未知の世界に対する不安……。認知症ではと疑われたが、医師は手にあまると精神科に移ることになったのだ。

大体、週に一度ぐらいは電話があった。間があくと、元気かなとこちらからも連絡した。息子の家族も同じマンションにいるとはいえ、一人暮らしである。話し相手がほしいのだ。いつも一時間以上の長話である。一方的によどみなくボケているような様子は全くなかったのに。

思えば、この兄嫁とは長い付き合いである。同世代で同じような戦時下の苦労と経験に共鳴するものもあれば、遠縁でもあったので共通の話題や知人の話に事欠かず、割とウマがあった。

彼女は菊水の家紋をもつ名家の出と言うが、女六人、男二人の計八人兄弟の長女として生まれた。各地に田畑があり、農業と種苗業を生業とする祖父母の元にさぞ可愛がられたことだろう。日本舞踊も習っていたという。

空襲で焼け出され疎開先にいた時のこと、父はその結婚話に兄弟の多さにためらったが、息子の兄弟も六人あるのではと指摘され納得したという。

色が白く、富士額で鈴を張ったような目を持つ和服のよく似合う美人であった。兄とは四九年に結婚している。

その頃、我が家は焼け跡に市から融資を受けて建てられた三部屋ほどの小さな家に、学生であった次兄とわたしが住んでいた。次兄は下宿先を探し移転、その家で新婚時代を、わたしを含め三人で始めた。わたしは、小姑という目障りな存在であったが、昼間は学校に行っている。わたしは姉としての彼女の存在が妙に嬉しかった。

休日には連れ立って、円頓寺までよく買い物に出掛けたり。彼女は買い物好きであり、話し上手でもある。夜は、誰の監視の目もなく三人で花札をして遊んだ。多くの弟妹の上にあって、負けず嫌いの性分とともに、平気で見え透いたウソをつくのには驚かされたものの、育った環境のせいかと受け流したもの。話し相手ができたことの方が嬉しかった。実に彼女は話が上手く途切れることがない。聞き役であれば、退屈することが全くなく間をもたせまいと気を遣うこともない。生来の話し好きなのであろう。

しかし、昔から食い物の恨みは恐ろしいというが本当だ。よそわれた味噌汁のお椀には具が全く入ってなかったことなど、いつまでも頭に残る。当時の食料事情は厳しかったせいもあるけれど……。夜は煮込みうどんが多かった。その頃は手打ちめんが当たり前、今より美味しかったように思う。

父が病に倒れてからは、家を建て増し、母、妹、弟が疎開先から戻り大家族となった。

ウソをつく癖は子どもが生まれてから治ったように思う。五〇年に長女、続いて長男、次男が生まれ、嫁の立場は盤石となる。が、実家の妹たちも次々商家に嫁ぎ、あちこちに姪や甥が増えると、お互いに張り合うのか、生来の負けず嫌いからか高価な着物に目がなく、姑であるわたしの母とそりが合わぬ。母はストレスを嫁いでいるわたしによくこぼした。時に張り合って、母はわたしに着物を買ってくれたり、わたしはそれを好都合にしていたフシもある。嫁姑の鬱憤晴らしのおこぼれかと。年の近いわたしを母はよく引き合いに出したのだろう。その頃、わたしは憎まれ役だったのではと思う。

今では、着物の出番は少ない。新調した総桐の箪笥にどれだけの着物が眠っているだろう。着物を買うのが唯一の楽しみであったらしいのに。時代は残酷だ。

もともとわたしの家の一族は繊維関係が多い。生糸問屋、蚊帳工場、機屋など。父は繊維関係の商社マンとなり、ヨーロッパ、インドなどに出張、得た資金を元に繊維取引所の仲買人となり独立、戦前は取引所の近くに家を建て、店員も住み込み、小僧も女中も使い店を構えていた。わたしはのんびり少女時代を過ごした。

しかし、戦争がすべてを変えた。妹、弟は学童疎開、繊維は統制下に置かれ工場は軍需工場となり、着物はモンペに改造された。その反動からか戦後復興の旗頭は繊維業界にあったように思う。その勢いは目覚ましく、統制がはずれると雨後の筍《たけのこ》のように、商社が活躍しだした。

戦地より復員した兄は長男としての自覚が強く、一家を支えるには元の職業に戻らねばと考えたのだろう。結婚する頃は叔父の生糸問屋を手伝っていた。統制が外れ元の職業に戻る基盤を作る最中、父が病に倒れたのである。

幸い兄は、商社間の受けもよく、順調に業績を伸ばし、いつしか長者番付に名を連ねるようになる。


兄嫁は波乱万丈の人である。

一九六四年、長女が十四歳の時、突然、夫に先立たれた。彼女は三十七歳、兄は四十二歳、厄年だったという。

その年は、二〇〇坪の土地に豪邸を建てたばかりの絶頂期であった。それが年末の頃、相場が一変して、実際はそうでもなかったのに、一夜にして情勢は暗転した。

わたしには今でも不可解である。なぜ死なねばならぬほど追い詰められたのかと。兄はやさしい人であった。思い出は多い。商売が順調に軌道に乗り出すと、カメラを買った。続いて、まだ少なかった輸入自動車を買いドライブにと、わたしや子どもたちをよく誘って乗り回した。ゴルフ場にも通った。

伊勢湾台風で被害にあった我が家には、バケツに水を汲んで母とともに駆けつけてくれた。妹が二十二歳で病死した時、維久子（妹）を死なせて悪かったとわたしに謝った兄、その兄が自死するなんて……。

現実は、兄の死を悼んでいる暇などなかった。

ベテラン社員に後始末をまかせて乗り切ったものの、店員たちの今後の生活の保障問題もある。残された兄嫁は奥様業を捨てて方向転換、自宅から会社へ毎日通い社員から仕事の特訓を受ける。子どもたちの世話は姑にまかされた。以降、社長として七七年まで家業をつづけた。男勝りの腕前を発揮し一家の大黒柱として……。

思えば、その間は彼女の絶頂期であったろうか。天性の商売気質に目覚めたのか、無我夢中であったとはいえ、大金を扱うのに喜びを見出したように思える。

社長と呼ばれ、自由に派手にお金には不自由しない生活。兄弟に対する見栄、プライドなどなど、抑える人は誰もいなかった。詳しくは知らないが、一面、奔放な時もあったらしい。

しかし一〇年も経ると子飼いの社員も老い、他の会社に移る者も出る。業界も変化する。頼りにする人のアドバイスで会社をたたみ、マンション経営をすることに。そこで自宅を売却、七八年、新しく建てられた七階建てのビルに移り住む。その三階でマージャン店を開業した。友達に詳しい人がいて教えられたとか。ビジネス街なので固定客もつき、日銭が入るのが性に合ったらしい。わたしも一度だけ手伝ったことがあるが、とてもあのサービス精神にはついていけない。それは、母が亡くなるまで続いた。

しかし、昼夜逆転のような生活、立ち仕事は膝を痛め、後々体に響く。この頃からか、お互いに落ち着いてきた妹たちとの交流が盛んとなり、旅行話に花が咲き、シンガポール、グアム、ヨーロッパ、ニュージーランドなどへ立て続けに出掛けた。日本は高度成長期でもあったし。国内の温泉にも定期的に訪れている。その度、わたしは報告を受けている。彼女は話したくてしょうがないのだ。

とにかく、自慢話が好き。彼女の妹たちの家庭内のことまで逐一聞かされる。お陰で、他人事とは思えず、同世代のありように詳しくはなるけれど、延々と続く電話はまた、一時間を超える。そして、時とともに中身は変化する。それぞれ、子どものこと、孫のこと、孫の結婚、ひ孫のことなどなど、話の種は尽きない。

電話が頻繁になったのは、母が老人施設に入った頃からか。立て板に水のように話されるのは、ただ聞いていればよい。退屈しのぎにもなるし、時にはストレス解消になるのかもと思ったりした。

しかしやがて自身の体調、嫁とのいきさつ、など深刻な話にも移る。わたしはただ聞くのみであったが、ある時、姉妹とはどこか張り合うところもあり、わたしには気兼ねなく話せると本音を漏らした。

生前、母はわたしに言った。

「あんたは、幸せだね」と。

わたしは「そうだね」と答えたが、そこに母の嫉妬めいたものを感じた。あんただって、良い時もあったでしょうにと心の中で呟いた。

なるほど、母の一生はいばらの道だったのかもしれぬ。しかし、良かった時のことはあまり聞いた覚えがない。苦労した印象しか残っていないのは淋しい。母は十六歳で嫁ぎ六人の子を産み、四十五歳で父の介護生活に入った。五十八歳で長男を亡くし嫁の補佐役となり九十三歳まで生きた。

一昔前までは、そんな家庭はいくらもあったけれど。それに比べれば、わたしは波風の少ない平凡な日々だったような気もする。同じ一生なら波乱の人生も、人のできない経験を過ごしたこととして、貴重で生き甲斐のあったものと解釈したい。また、それに耐えうる体力に恵まれていたことに敬服する。わたしならとうに音を上げていただろう。兄嫁の人生は、それに勝ると思う。根性と気ままを貫いて勝ち取った幸せ、それを宝にたそがれにいる今、せめて平安の境地にいてほしい。自然からの優しい贈り物に包まれて……。

六〇年以上の長い付き合い。時にお互いの体調のこと、共通の友人、親戚のこと、その他よもやま話などなど、励ましあったり、興じあったりした日々。長電話の二度と聞けない淋しさ。強烈なインパクトを与えた彼女！

年だから、仕方がないといえばそれまでだが……。ある人は言った。納得という言葉ほど良薬はないと。今、彼女はその領域にいない。夢幻の中で心穏やかに……とただそう思うよりほかない。

（後日記）

名鉄病院に、一週間ほどおられた後、八事の精神病院に転院される。そこで投薬治療が効を奏したのか、不思議なことに四、五日目ほどで正気に戻られた。あの記憶喪失は一体何だったのだろう。本人は何も覚えていないと言われる。

車いすになって、家に帰りたい一心でリハビリを続けられたが、一二月、老人ホーム（夢ハウスなごみ）に移された。翌年、六月二六日、食物を喉に詰まらせて窒息状態となり、回復されることなく一生を閉じられた。ご冥福をお祈り申し上げます。

（二〇一七年九月）

白内障

二度目の手術をした。一回目は二〇〇四年一〇月、右目だけにした。一五年も前のことなので記憶は定かでない。何か症状があったのと聞かれても、返事ができぬほどおぼろげだ。

わたしは子どもの頃から視力は常に一・二〜一・五あり、体の中の唯一の取り柄だった。その頃は子どもは外で遊ぶもの、学校では姿勢良くと、背中に物差しなど入れられ注意されたものだ。食べ物は粗末でも近眼の子はクラスにいなかったように思う。今は、栄養は良くても環境の変化なのか、目の良い人は稀のようだ。

最初に異変が襲ったのは六十代だったろうか。ある朝、突然片目に蜘蛛の巣のような亀裂が生じた。驚いて近所の眼科に駆け込んだ。

先生は、すぐ手術をと言う。網膜裂肛であった。このままだと網膜剥離になると言われ、午後、瞳孔を開きレーザー照射をした。一発で治り、翌日の旅行も入浴しなければ良いと許可が出た。

思い返せば、前の晩に目の運動をしたのが悪かったのかと思う。その頃、テレビで目の体操が良いと流され、眼球を上下、左右、斜め、回転など、時たま勝手にやっていた。前日夜、ドライブで疲れていたのに無理してしたためなのか……。緑内障にもなりそうなので、予防にレーザーで穴を開けた方が良いと言われる。

それから医者巡りが始まった。市大病院、S病院、血圧のせいかと内科へも。

そうそう、まだあった。ある時、夕方九時ごろガラス食器を洗っていて、突然割れた破片が目に入った。慌てて救急で診てもらえるY病院を探しだし、走り込んで取ってもらったこともある。

目は恐ろしい。目を過信してはいけない。もっと大事に、余計な目の運動は良くないとつくづく感じた。

近眼の人は老眼が遅いという。皮肉なことにわたしの目は老眼が早く来たようで、近くのものがだんだん見えづらくなってくる。ある時は良く見えたり見えなかったり、徐々に進行し老眼鏡の度数も強くなる。そのうち、医師に白内障の手術をした方が良いと言われた。

白く見えるとか、靄《もや》がかかったとかは全くない。しかし、した方が良いのならせねばと、病院を探した。以前の眼科巡りの時、どこもその患者の多さに驚いた。朝一番に行っても初診は午後になるのはざら、一日がかりである。救急で行ったY病院は、母が八〇代の頃（その頃、高齢者は無料であった）白内障の手術をしたが、眼底出血があるのでと良く見えるようにはならなかった。S病院はあまりの患者の多さに、地下鉄一本で行けるM病院を選んだ。

入院は四～五日ほど、ここも患者は多く医者も多く、どの先生にかかるのかわからない。初めてだし、誰でもすることだしと、今より若かったのであまり緊張はしなかった。流れ作業で考える間もなく「すみました」の声を早かったように感じたのを覚えている。その後の病室での退屈さ。一週間、洗髪できなかったこととか。しばらくして後発白内障でレーザー治療を受けたことなども。

それから十数年、片目が良ければ良いと気にしていなかったが、左目で物が二重に見えるようになってきた。夜は、遠くのランプを見る時片目で見る。白内障が始まったのか、そのうち治るか、寿命の方が先か……と我慢した。

しかし、期待とは裏腹に、本が読みづらくなる。年とともに、体調もあちこち悪くなる。全身麻酔の手術は何も知らぬ間にすむ。椎間板ヘルニアと胆嚢手術で二度死んだ。その時、最後はこのまま逝けたら何と楽なことかと。

しかし、今はまだ九十四歳の主人がいる。近年とみに聴力が衰え、補聴器を買ってもふだんは使わない。補聴器がないと何も聞こえないのに用のある時だけ使う。いつも使うと頭が痛くなると言う。視力が衰えると五感が敏感になると聞いていたが、聴力の衰えは五感が鈍感となるのか、この頃は人の気配も全く分からずトイレにいても気が抜けない。

いつの間に負担が重なったのか、一月半ば、突然、帯状疱疹が出て二晩眠れなかった。薬やら注射やらで胃腸も壊し、体重が三キロ減った。このままでは、共倒れになりそう。耳の代わりになるのには目も大事。

目は心の窓と言うが、わたしにとって、新聞、テレビ、パソコンは社会の窓である。やっと疱疹の治まった頃、五月の初め、近所にできたアイクリニックに予約を入れた。そこは家から歩いて十五分ほどの所、日帰り手術である。全身麻酔は何も知らぬうちにすむが、目の手術は意識がある。敬遠していたが覚悟した。

最初の受診は五月二八日、完全予約制なのでこれから暑くなるしと思い、即お願いすると、七月一日手術と決まった。高齢者にとって体調に良い季節は短い。それまでの体調管理は、風邪をひいてはならず、転んでもならず、慎重に慎重に。それでも突発的なことが起これぱキャンセルできるかと不安だった。

手術一週間前にビデオとともに個々の説明を受ける。白内障は進み、乱視もあり、加齢黄斑変性もあるという。もっと早く手術すべきだったと言われたが、もう手遅れだ。主人の妹さんが、網膜色素変性症で失明されている。まだ加齢変性ならましかと、今できることが上手くいくようにと祈るのみ。加齢変性に効くようにと、サプリメントのサンプルを頂く。

七月一日、無事その日を迎えられた時、半分肩の荷が下りたような気がした。朝、家で点眼してから一〇時にクリニックに入る。緊張して咳が出てはならぬと飴を含む。乱視の検査を受けてから手術室に入り、手術着とキャップをつける。前回は何もつけなかったのではと、十五年も経てばどんなに進歩したかと心に少しは余裕があったが、抱き枕を抱えたのには驚いた。大の男の人も同じかと。

ここは担当医が変わらない。看護師さんも一人一人ついていて心強い。すべてに手際良く、デジタル時代の違いをそこそこに感じる。

無抵抗の中、黄やら赤やらキラキラした光線が目の中で乱舞する。痛みはないが音楽が聞こえたようにも（あれは錯覚だったのかな）。我慢の十数分であった。

きんさん、ぎんさんも一〇〇歳で手術されている。わたしはそこまでいっていない。夕方、担当医から経過を尋ねる電話があった。やれやれ、万一の場合の病院送りは免れたようだ。

日帰り手術は、手術後も手術のうちという。後は自己責任。術後の点眼が大変だ。三種類の目薬を一日四回、五分おきに行う。それが仕事。何もすることはなく、することもできない。慣れないうちは上手く点眼もできない。そのうち、目と同時に口を開けると成功率が上がった。ひたすら、回復を待つ。

翌日検診、術後説明の時、症状が進んでいると言われていたので、人より時間がかかったのかと心配していたが、順調ですと言われホッとする。保護メガネのせいか目はおぼつかない。

三日後検診、手術費の清算。気休めかも知れないが、サプリのルテインを購入する。落ち着いてきたのか、視界がはっきりしてきて、乱視もなくなったみたい。前回は空が青くなったのを思い出したが、今回は全体に明るい。

一週間検診、視力の回復はいまいち。最初、右目〇・七、左目〇・四であったが、そこまでいっていないような気がする。目薬は一種類変わり、まだ続けるよう指示された。やはり年のせいで治りが遅いのかも。保護メガネが要《い》らなくなったのが嬉しい。老眼鏡をかけて本が読めるのも。

二週間検診、今年の夏は五月が七月のように夏日が続き、六月、七月と季節が逆戻りしたようで今は梅雨空が続くが、大した暑さにも雨にも逢わずラッキーだった。視力も徐々に上がり、点眼薬も一種類となる。次は一カ月検診という。

完全予約制は素晴らしい。待ち時間の負担が少ない。それに近くなので本当に恵まれていた。前回は退院のあとのフォローはあまりなかったように思うが、今は術後も重視されるようになったとしても、無事手術できたことに感謝する。

医学の進歩は目覚ましい。この上は網膜色素変性症も加齢黄斑変性も、少しでも早く治るようになればと願っている。

（二〇一九年）

兄の死

わたしには三人の兄がいた。いたというのは、皆、鬼籍に入ったことになる。つい先日、二番目の兄の訃報を耳にした。一番疎遠でもあり、また、身近の人でもあったのでショックを受けた。九十三歳であった。

昔から兄弟は他人の始まりというが、仲の良い家庭もあれば、まるで違う性格の集まりで、バラバラの家族もある。わたしたちは、その後者かも知れない。

母は十六歳で嫁ぎ、三年目ごとに男児を産み、わたしは母の二十四歳の時の子である。五歳下に妹とその三歳下に弟がいる。

四人目のわたしを出産する時、三男を祖母が預かり、そのまま父が継ぐはずの家の養子となった。その頃長男である父の戸籍は抜くことができず、三男が父の代わりに継いだのである。

後から考えると、次兄はわたしが生まれたために遊び相手の弟がいなくなり、面白くなかったのかも知れぬ。母の愛もわたしに向けられるし、放任されていただろう。わたしの物心ついた時は常にいじめの対象であり、馬鹿にされていて長兄が仲裁役であった。わたしと次兄は五歳離れている。話も合うわけがない。子どもの頃遊んだ覚えはまるでない。

養子に出た兄は三歳上、年も近く月に一、二度遊びに来た時は本当に嬉しかったものだ。彼は明るい性格で、かくれんぼなどして遊んだ。食卓には、決まってトンカツが出た。彼のいる祖母の家に行った時は、お祭り、花火大会やプール、ゲーム等などの楽しい思い出があるが、そこに次兄の姿はない。長男は受験を控え、もっぱら次男は使い走りをさせられたらしい。

彼は外遊びが多かったようで、蝉取りなどに夢中になっていた。家にいれば本の虫、読書家であった。口数が少なくむっつりしているので、何を考えているのか解らない存在だった。その頃は男は黙っているものとの風潮でもあったが、食事中は一切無言、話し合いをした思い出もなく、淡々とした日々だった。

養子に出た兄は常に淋しかったというが、わたしはそれは良かったことと思う。伸び伸びと育てられ、ちょっと我が儘《まま》にはなったけれど、幸せだったと思う。生糸問屋の後を継ぎ滝高校の教師をしたり、子育て後は、わたしたち夫婦と一緒に外国旅行などしたが四年前に亡くなった。

長男は市立第一商業を出ると大阪の商社に入った。そこから満州の奉天に転勤となる。だが、二十歳となると徴兵検査の義務がある。入営し満州から北支に向かい終戦を迎える。

彼は誰にも好かれる優しい性格だった。大阪から帰省する時は、当時貴重な反物などお土産にもらった。トランペットを吹いて皆を驚かしたりもした。

戦後の引き揚げは早く、家計を助けるため色々手を出したが、結局、祖父の生糸商を手伝い、やがて名古屋で独立する。

彼は厄年の時、自殺した。商売は絶好調、二〇〇坪の土地に豪邸を建て、その年の暮、相場が下落し、疲れ果てたのか、わたしから見ると三人の子を置いて、無責任と思われたが、軍隊生活で死を間近に見ていたせいか、商売の担保に預かっていた貸金庫の中のピストルが仇となった。一時期、わたしも店を手伝ったことがある。相場の世界は恐ろしいものがある。

わたしと次兄との接点は戦時下にある。彼はとにかく本が好きだった。わたしはそれを盗み読みした。というのは彼は本箱に鍵をかけるのである。子どもだからよけい見たくなる。鍵の忘れてある時、片っ端から読んだ。といっても深読みはできない。もっぱらアラスジを追うのに夢中になった。

女学校に入った頃は鍵のない本箱だった。最初に読んだ本は『風と共に去りぬ』だった。その後本箱に並んでいるものはすべて読んだ。読書の習慣は彼に感化されたものらしい。

兄は八高に入り、文学青年であった。トルストイ『復活』『戦争と平和』、スタンダール『赤と黒』、モーパッサン『女の一生』、ツルゲーネフ、ドストエフスキー『罪と罰』などなど……。時にアラスジ読みにもなったが、それが良いのか悪いのか、まあ夢中にはなれた。戦時中のことゆえ、勉強はお留守だったので。

その頃、理系の学生は戦地に行かなくてもよいので、彼は理系に転向した。それなりに山登りが好きで、内向的な彼は両立できたのだと思う。

そこで快活な親友を得た。柴田君という。時たま家に連れてきた。正月には妹とわたしを交えて、トランプとか花札などして遊んだ。少し、大人になって目線が低くなったのか、男尊女卑が薄らいだのか。

わたしは柴田君の妹と結婚するのかと思った。なぜなら、彼女から森田たまの随筆集をもらったりしたから。

名大に入ると教師の影響か物理学を専攻した。

世の中が落ち着いて、映画など出回ると『第三の男』はすごい。『星の王子さま』を読めとか感情をぶつけたが、わたしはそういうスリラー的なものに興味がなく、バルザックの『谷間の百合』のようなロマンが好きだった。

一時期戦後の焼け跡の、小さな家で二人だけ住んだことがある。お互いに学生ですれ違いばかりであったが、母に咎《とが》められたほど仲は良くなかった。わたしは何が気に入らないのかわからなかった。

やがて下宿先を探しそこに移り、わたしは長兄夫婦と同居した。次兄はアルバイト先の教え子の家に移ったのである。そこには、三歳年上の出戻りの女性がいた。彼はその人が気に入り結婚するという。最初に紹介された時、夏目漱石の小説に出てくる自立したヒロインをイメージした。チャキチャキの人といった感じ。兄は漱石のファンなのかとも……。聞けば夫が肺病になったので家に戻ったという。

父母は激怒した。期待した次男には良い嫁をと思っていたのに。兄は絶対、彼女を守ると宣言した。既に子どもがお腹にいるという。仕方なく祝言だけはあげたが、お茶一杯でお開き、絶縁状態に近かった。

やがて上京し理化学研究所に入り、宇宙線の研究に没頭、第一次南極観測隊の一員となり、都合、三回向かう。帰国後、山梨医科大学の教授となり単身赴任する。

その間、稀に手紙で相談事などしたが、意味がわからぬ、字が汚いとか頭ごなしで上から目線、宛名は必ず「殿」であり「様」ではない。自然に交流は途絶えた。彼の家族との交流も全くない。名古屋に来てもわたしの家に来たことはない。母は最期までその嫁と折り合いが悪かった。いつもわたしはその不満の受け皿であった。

自分勝手の人、もらうものはなんでも取り込む。礼儀をわきまえぬ、傍若無人、よく言えば我が道を行く、あっけらかんの人。手土産一つなく訪問するとか……。

その彼女は晩年、認知症となり一〇年ほど施設に入り、三年ほど前に死亡した。

今回、次兄は東京に墓まで準備して妻の元へ旅立った。

思えばわたしの精神形成に随分、関与していた人と思う。一人暮らしが多く、最後の十数年は淋しかっただろうと思うが、テニスとか俳句の世界に身を置き、決して弱音を吐かなかった。

二年ほど前、不思議な電話が二回あった。「北町のこだまだ」と言う。わたしはてっきり主人の仲間かと思い、受話器を渡した。要領を得ず切れた。二回目は、代わりましょうかと言ったらいいと言う。介護保険の手続きがどうとかこうとか、こちらが返答に困っていると、「あんたぼけとるね！」と、これが最後に聞いた兄の言葉である。

今でもあれは何の意味か不思議でならない。最後まで優位にあると見せつけたかったのだろうか。

（二〇一九年二月）

名も地位もなく　―高齢者一市民のたわ言―

今年九十四歳になる。六人兄妹の真ん中で何故か最高齢者になった。もう先が見えているのにアッという間の出来事だった気もする。でも思い起こしてみよう。生きた証《あかし》に。生まれた時の記憶は何もない。ただ極端な恥ずかしがりやで、他人にあやされると後ろを向いてしまう可愛げのない子どもだったらしい。

三、四歳の頃、大腸炎を患い「おまる」を何度も使用した時、いつもわたしをいじめてばかりいる次兄が「可哀想に」と言った言葉が強烈にインプットされている（最初の記憶）。長兄は九歳年上、次兄は五歳年上、三兄は生後すぐ親戚の家に養子に出た。妹は五歳年下、たぶん一人娘のように母を独占していたのであろう。わたしにやきもちを焼いていたのかも知れぬ。

昔は結婚年齢が早かった。母は十六歳で親戚筋の父と結婚した。父は苦労の人で、今の江南市のはずれである田舎の素封家の生まれであるが、小学五年生の頃、弟妹五人を残して母が食中毒で急死した。父は伯父の家に、妹は養女となるなど苦労が多かったらしい。
伯父の家は宇都宮にあったので東京に近く、そこで中学、大学へと進んだ。その頃は
大学まで行く人は、ほんの一握りだった。明治大学の特待生で月謝は免除、夜は夜学に
行き中国語をマスター。英語と中国語ができるので卒業後は商社に入った。
最初、中国天津に母とともに赴任、その後ヨーロッパ、インドなど歴訪したらしい。
帰国してからは上司と対立し、独立して繊維取引所の仲買人の会員となり、店員、女中、
住み込み小僧など雇い、その頃わたしは割と裕福な生活だったと思う。戦争が始まるま
では。
戦争は日本を一変させた。わたしは完全な戦中派である。小学五年生の時、大東亜戦
争に突入する。店員は皆出征、長兄も満州に。家業もできず繊維工場は軍需工場になっ
た。わたしは女学校三年から勤労動員で工場で航空機のタンクのゴム張り、旋盤工など
で働いた。
終戦の年の春、空襲で二軒あった家も丸焼けとなった。やむを得ず江南市に戻ったが、
そこでも空襲はあった。ある日、ピカッと光り変な振動を感じた。それは原爆だったと

いう。

八月一五日終戦、不穏な空気が日本を包み、進駐軍が江南市にも現れた。父は幸い英語が通じるので松坂屋（焼け残っている）で開かれるパーティーなどに通訳としてよく出かけ、チョコレートなどをもらってきた。中国人も現れ父は引っ張りだこだった。

やがて焼け跡に許可が下り、小さな家を建て長兄夫婦が住み、わたしもそこから短大に通った。戦時中勉強が途絶えていたので、代わりに親が通わせてくれた。ただし被服科へ。

戦後の復興は繊維業界から始まった。「ガチャマン景気」といって織機を一回動かすたびにウン万円入ったという。取引所の会員であったので顔が広く、繊維の仲介役をする。わたしも、その頃は商社を回り伝票を届けたりした。

このまま順調にゆけばよかったのだが、ある日父が突然倒れた。脳出血である。五十七歳の時。兄が手伝っていたので仕事は回ったが、わたしと妹弟はそれ以来兄がかりとなった。父はそれから十七年、ほとんど屍《しかばね》のように生きた。まるで前半生に人生を使い果たしたかのように。

母も妹、弟も兄夫婦に頭が上がらなかった。ただ一つ、父と兄は年頃のわたしの結婚だけは心配していたらしい。わたしは短大を卒業すると公務員になった。ある役所の受付係だった。そこで先輩から跡継ぎを任され、彼は他に異動した。

ある日彼から電話があった。帰りに話がしたいという。それから付き合いが始まった。その頃わたしは江南市から通っていたので彼はその家まで来て、両親に直接話をしたようだ。父は彼の家の周りに聞き合わせに行ったようだ。そうこうする中、ある日一通のハガキが届いた。彼の身近の女性だという。彼の闘病中に看護した者だという。わたしは二股かけられていたのかと思い、許せなかった。とにかく避けるようにした。家の店員から若い男がうろうろしていると言われ、家にいるのはまずいと、洋裁店の仕事をしに出たりして、ほとぼりの冷めるのを待った。

それから色々お見合いをした。今の主人と逢ったのは何人目だろうか。まあ適当に決めないと兄がかりの身であるし妹もいるし……。

彼は小学校が同じ、しかも次兄と級は違うが同学年であった。色々考えて、由緒正しい家だし色は白いし（わたしは黒い）割とハンサム、真面目過ぎるのが面白くないが、まあ縁があったのかと母の荷を下ろすことにした。

立て続けに子どもが生まれた。長男が一年八カ月の時、女児の双子が生まれた。双子ということは生まれるまでわからなかった。一度に三人の子育ては目が届かない。一人養女にとの話もあったが、養子に行った三兄が淋しかったというのを聞いて、一人で三人育てることにした。十分な子育てではなかったけれど、今は皆良い子に育って正解だったと思う。

引越しも二回、家屋も新築、建て替えなど五回もした。今はがらんどうの家に一人だけ、淋しいものだ。

割と子どもたちは早く巣立ったので、故に自分の時間を十分に持つことができた。戦時中の無学を取り戻そうとあらゆることに手を出した。コーラス、彫刻、油絵、卓球、フォークダンス、フラダンス、パソコン、占い、ヨガ、俳句など。もっとも長く続いたのがフラダンスと占い。フラダンスは老人ホームに慰問に行ったり、占いはブームであったのでデパート、スーパーなどへ出張した。サラリーマン家庭で金銭的には余裕がないので、パートも洋裁の内職もした。

しかし、身体的にはあまり丈夫でなく、出産後なぜか頭痛持ちになって、更年期の頃までは月に一、二度悩まされた。そのほかにも、まるで病気の問屋のように、精神科以外のあらゆる医科に顔を出した。盲腸に始まり胆嚢、ヘルニア、大腸ポリープなど手術の麻酔で三回意識を失った。

落ち着いたのは六十歳頃、旅行に目覚め、北は北海道、南は沖縄、海外はハワイ、ヨーロッパ、イギリス、フィリピンと訪れた。主人も旅行が好きなのでその点は気が合った。

本当は若い時に行くべきだが高齢者になると体力的に無理が利かない。ましてや今はデイサービスがやっとという感じ。是非体力のある若い時に海外をお勧めしたい。国内は高齢者になっても大丈夫。

誰に気を遣うこともなく、今は本当に自由の身だが、周りの友人、知人はほとんどいなくなり淋しい限り。毎日テレビと新聞が相手、それと七人のひ孫の成長。

そうやって人生は終わるのかな。


二〇二四年三月二九日、わたしの九十四歳の誕生日である。翌三〇日土曜日に「かに本家」に集まり、誕生会を祝ってもらった。生まれてこの方、こんな盛大に祝ってもらったことは初めてである。加えてデイサービスでも祝って頂いて二回もである。

当日は総勢二三名、外国に在住している四名を除き、一一時半に会場に勢揃いした。

この日は雨も上がって二、三日前の余寒も消え、申し分のない暖かさで最高の一日であった。

初めてお目見得するひ孫七人、孫とその配偶者皆、元気に顔を見せてくれて本当に嬉しかった。綺麗な生花を抱えて一同で記念写真を撮った。今までは一年に一回集まっていたがコロナや出産などで数年会っていなかった。皆、その間にすっかりパパ、ママ、祖父、祖母の顔になり、恰幅もよく、たくましい中年の時代を迎えているようで、時の流れをつくづく感じたものだ。

本当は去る一月末、主人の三回忌があったので、その日と思ったが寒い時なので法要は子どもたちのみで済まし、暖かくなった三月末にわたしの誕生日をかねてと、半年前から予定を入れてくれたらしい。振り返ると昭和、平成、令和の激動の刻を過ごし長寿を迎えたご褒美かな。

わたしたち世代は、ことに女性は虐げられていて、女は三界に家なしと言われたが、一方女性は太陽であると言った人もあり、天照大神も女性である。いつから男尊女卑になったのであろう。高齢者になると孫の面倒は当たり前、役に立たなくなると姥捨山に捨てられた地方もあった。

わたしたち世代が戦争を生き残った後に男女平等、敬老の日などが制定された。お陰様で現在長生きして平和を享受している。それも命あってのこと。幸い福祉における行政サービスも多岐にわたり徹底している今、わたしはデイサービスのお世話になっている。幼児も保育園が充実していて面倒をみてくれるし、パパ、ママの育児休暇も完璧だ。

それにしても自身が健康でなければならない。一に健康、二に健康。そうは思ってもわたしの場合、この頃、日に日にあちこちに衰えを感じるし、一日がすごく長く思われる。明日何が起こっても不思議でない年齢である。若いあなたがたとはいえ、日々の健康には十分留意して長生きして下さい。

皆様の一生が幸せであることを心から祈っております。

（二〇二四年三月）

デイサービス

咳をしても一人。

そんなやるせなさを感じる日々。夫が亡くなって三年目、思い切ってデイケアのお世話になるようになってから二年ほど経つ。当時は九十二歳頃だったかな？

この施設に来ている人は大体同年代だが、中でもわたしは年長組の方。若くても障害のある人や介護の必要な人など、合わせて延べ二〇〇名ほど。介護の職員はリハビリ専門の人一〇名、ドライバーを含めて職員は二〇名ほどだ。皆さんは利用者のすべての人と名前を把握してみえるので敬服する。わたしなど名前を聞いても右から左だ。

もともとここは亡き夫が二年ほどお世話になっていた。きっかけは民生委員の安否確認訪問を受けた時、（夫に）介護認定を受けた方が良いと勧められたこと。そういうシステムのあることは、まるで知らなかった。早速申し込んだら審査員が二、三人来られ身体機能、知能を調べられる。驚いていると、今は高齢者が多いのできびしいそうだ。

審査は通るかどうか解らないと言われた。夫は若い時、肺炎、けが、熱中症、前立腺炎などで入院している。

「要支援1」の許可が下りた。そこでサービス施設のパンフレットを色々見せられた。今お世話になっている所は家から近く、友達が入所していたこともあり、見学したこともあったので迷わず決めた。そして体験会に参加した。着くとすぐお茶を出された。あまり美味しくない。この分だと昼食も?……。夫は一日コースは嫌だと言う。短時間コースにした。

入って良かったと思えることが多くある。マッサージが気に入り、喜んで通っていた。ある時、今日は休むと言う。それが二回続いた。三回目の時、ケアマネの人から電話があり症状を聞かれた。食欲がなく寝てばかりいると答えたら、上の方と一緒に伺いますと言われ、すぐ来られた。とりあえず一週間ほどショートステイで預かりますと言われ、慌ただしく車に乗せられた。以前通所していた時、心不全で一カ月ほど入院していたこともあり、退院してからは施設のすぐ前にあるクリニックに月に一回検診を受けている。二、三日前にも受けたばかり。血液検査の結果も良くなっていると言われたから、今回も一時的なもので一週間くらいで帰れるものと思い込んでいた。

翌日入所手続きに行き、前にあるクリニックで診察を受け施設に預けて別れた。それが最後の別れになるとは夢にも思わなかった。その日の夕方電話があり、「面会に来てください」と言われた。コロナ禍で会えないはずなのに不思議だなと思いつつ、娘たちと明日行くことにした。夕方入浴している時、「ご主人が息を引き取られました。すぐ来てください」と電話があった。最初の電話の時にすぐ行けばと後悔した。まだ身体は温かかった。以後の記憶はあやふや。横浜にいる長男が一週間ほど色々取り仕切ってくれた。

コロナ禍で葬儀などは子どもたちのみで、近所の人にも知らせなかった。あの時施設の方の適切な判断で事《こと》が運び、わたし一人だったらどうなったかと思う。それで一段落してから、わたしも施設にお世話になることにした。

わたしの場合、お迎えのバスが来て到着すると、この前と同じようにお茶のサービスがある。でも豪華になっている。コーヒー、紅茶、お茶、梅こぶ茶の中から一点選ぶ。わたしは一通り味わってみた。結局紅茶とお茶に落ち着いた。人によりけりだがコーヒーの人が一番多そうだ。中には梅こぶ茶一筋の人もいる。信念のある人なのであろう。わたしは家ではそば茶を愛飲している。血圧が高いので血管を広げるルチンがそばに入っていて良いと思い……これも信念かな。いずれもわたしはカップ半分くらいで良い。いつも残すので、少なめにお願いしたい。

お茶の後は体温、血圧、月に一回は体重を測定する。あと、ラジオ体操も。入浴サービスは良い。髪と背中を流してもらえ大変楽。体の不自由な人は寝たまま入れる。時には菖蒲湯、柚子湯なども嬉しい。入浴後はジュースで水分補給。その後はマッサージ、ウォーターベッド、メドマーの三点セットを受ける。メニューは症状に合わせて人それぞれだ。席に着くとドリルが置いてある。漢字、計算など小学校の復習並み。やさしい時もあるが難しい時も。後で答え合わせがあるので気にすることはない。

一二時一〇分くらい前に昼食前の口の体操。食事は日替わりで色々工夫されており、行事食もあり楽しみの一つ。一時になるとドリルの答え合わせ。二時からはレクリエーション。わたしはマージャン、オセロを覚えた。歌を歌ったり、クイズやゲームなど日により色々。三時はおやつの時間。フルーツ、ケーキ、まんじゅう、カステラ、冷菓など様々。帰りは三時五〇分頃乗車、四時一〇分出発、近いので一〇分ほどで帰宅。帰れば一人。すっかり料理もしなくなった。もっぱら宅配を使っている。あとはテレビの視聴。

この間、安楽死の実際を放映していた。ガンの末期で治療法がなくなった人や難病の人の例があった。彼等はスイスの病院に行くのを希望していた。そこは安楽死を認めている所である。外国ではそういう所が多いらしいが、日本では認められていない。生きる権利は認められているのに、死ぬ権利は認められていないのはおかしいと思う。

もしわたしがその立場であれば、苦しんで長生きしたいとは思わない。家族の了承があれば後者を選ぶだろう。病気で苦しんで終えるより納得して死を迎えたい。人間一度は死ぬのだから。これは間違っているだろうか。

テレビでは医者の診断書があり、様々な条件をクリアして当地へ渡り、その一部始終を放映されていた。皆納得済みだったので誰も後悔しておられない。何が幸せなのだろう。議論する余地があるようだ。何より今の医学が進歩すればいいのだが。ただ一つ言えるのは、自分の人生だから自分で決定できる世の中になればよいと思う。

（二〇二四年七月）

はかないもの

二〇二四年一〇月某日、デイサービスで毎週火曜日にいつものマージャン仲間と遊ぶ。いつものように卓を囲んでいた時、突然、前に座っていたAさんが意識を失われた。何を尋ねてもわからない。あたりは騒然となり、職員さんたちが集合して「ナースを！ナースを！」と呼ぶ。ベッドに運び心臓マッサージがほどこされた。そして救急車が来て、Aさんは病院に運ばれた。

以後、職員さんたちに聞いても、Aさんの様子は一向にわからない。

次の週の火曜日にAさんの近所の方がデイに来られた。たまたまその日は休んでおられたのだという。

彼女はAさんのお友達で、Aさんはその日に亡くなられ、もうお葬式も済んだという。まわりにいた一同は唖然として言葉が出なかった。聞けば、以前に一度脳梗塞を患い、いつ再発するかわからない状態で、気をつけて水を飲んだりしていたという。わたしはてっきり熱中症対策と思っていた。

好きなことをしている最中に逝かれたのは幸せだったのでは、と言う人もいたが、年齢も九十歳弱でわたしより五歳も若い。まあ、わたしもあんなふうに一瞬の苦しみで息絶えるのなら、あやかりたいものだと思った。

でも、その夜はショックで眠ることができなかった。わたしも妹・父母・兄・夫の死に目には一度も逢っていない。Aさんの死に目に逢ったのは、何の因果であったのだろう。

人間の命は儚いもの。いつ天変地異や交通事故に遭うかも知れぬ。これまで命があったことは奇跡のようであり、幸運に恵まれたものだろう。Aさんの御冥福をお祈りいたします。


（二〇二四年一〇月）

孫の帰国

一〇月二〇日、前回と同じ金山の「かに道楽」に二十六名が集まった。海外にいた二組の孫夫婦が無事帰国したので、そのお祝いのため、五年ぶりに親族全員が顔を合わせることになった。

一組は、わたしの長男の長男夫婦である。彼は一九八九年六月生まれ、東大文学部を出て日本製鉄に入社後、会社からMBAを取れと言われ、アメリカに二年間留学していたが、この五月に帰国した。

もう一組は次女の長男で、一九八二年五月生まれ。名古屋工業大学を出てヤマザキマザックに入り、イギリスに五年赴任していた。今年九月に帰国したばかり。どちらの夫婦にも、まだ子どもはいない。

この孫は、わたしにとって初めての孫であり、生まれた時はテンヤワンヤで育てたものだ。立派に成長して、身長も一八〇センチに達し、感無量だ。

この会場は半年前から予約してあったが、無事この日を迎えられるか、ずいぶん不安だっただけに、とても嬉しかった。

もともと孫たちが結婚するまでは一年に一回顔を合わせていたが、出産が続き、コロナ禍もあり途絶えていた。けれど主人が亡くなった時、葬儀はコロナ禍のため簡素だったので、三回忌にわたしの誕生祝いもかねて、去る三月末にこの場所で集まったのである。

今回は子ども夫婦、孫夫婦、ひ孫七人、計二十六人である。うち孫の一人は独身、都合の悪い人が一人欠席であった。半年前の時は、生まれて間もないひ孫が歩けるようになり、上のひ孫はもう小学校の上級生だった。月日が経つのは早いものだ。

当日はきれいな秋日和、申し分のない好日で、誰一人欠けることなく集合した。主役の二人は英語で挨拶したらと言われたが日本語で話した。わたしは聞きたかったのに。二人は帰国者同士で話がはずんでいた。どこかの観光名所の感想などを語り合い、今度はインドで会いましょうとか盛り上がっていた。

女性たちも、いとこ同士の近しさか、子どもの話などで交流しているのを、いつまでもいつまでもと眺めていた。

時たま一歳三カ月のひ孫が大声で泣くので、賑やかすぎるほど。この子は長男の長女にあたり、アメリカ人の祖父母とアメリカ国籍を持つ。なんとも国際色豊かだ。最後は記念撮影をしてお開きになった。ひ孫は男児が五人、女児が二人である。

やはり、この子たちの将来には、わたしたちの世代が過ごしたような戦争体験だけは味あわせたくない。できたらスイスのような永世中立国になってほしい。

いざ戦争となると、男子は真っ先に駆り出され、戦地に送られる。一等国にならなくても、偉くならなくてもよい。平凡で健康で、自由な人生をおくってほしい。どうか日本がいつまでも平和国家であり続け、個人的には健康であること、自由であることを心から祈り続けたい。

（二〇二四年一〇月）

あとがき

これまで書きためていた拙文をまとめてみようと思ったのは、以前、北杜夫の『楡家の人びと』を読んで感銘を受け、いつか波乱の多い家族のことを書いてみたいと思っていたからです。そして今回、デイサービスのYさんに教えてもらい石原慎太郎の『私という男の生涯』を読んだのがきっかけになりました。

比べるのもおこがましいけれど、一女性が歩んだ道で時折感じたことを綴ってみました。ふり返ると様々な出来事がありました。今は穏やかな日々で幸せに過ごしていますが、生まれ変われるものなら、平和な時代に生まれたかったです。

これからは世界中の紛争が収まり、平和な世界であり続けることを祈っています。

二〇二四年一一月一五日

徳田節子

おもいでの記　戦中・戦後のわたし

2024年12月2日　第1刷発行　　　（定価はカバーに表示してあります）

著　者　　　　徳田　節子

発行者　　　　山口　　章

発行所　名古屋市中区大須1-16-29　振替 00880-5-5616 電話 052-218-7808　http://www.fubaisha.com/　風媒社

＊印刷・製本／モリモト印刷　　乱丁本・落丁本はお取り替えいたします。

ISBN978-4-8331-5465-9